Der Blutlord der Zauberjäger

-Der Krieg der Zauberjäger-

T. U. Zwolle

Der Blutlord der Zauberjäger

Fantasyroman

Impressum

Bibliografische Information der Deutschen Nationalbibliothek:
Die Deutsche Nationalbibliothek verzeichnet diese Publikation in der Deutschen Nationalbibliografie; detaillierte bibliografische Daten sind im Internet über http://dnb.dnb.de abrufbar.

© 2021 T. U. Zwolle

Kontak: die.zauberjaeger@gmail.com

Lektorat und Korrektorat: Painlord
weitere Mitwirkende: Sebastian Schierlinger

Herstellung und Verlag: BoD – Books on Demand, Norderstedt

ISBN: 9-783-7557-5713-9

Inhaltsverzeichnis

Vorwort

Kurz nachdem ich angefangen hatte, meine Buchrezensionen auf YouTube zu veröffentlichen, kontaktierte mich ein Autor. Er teilte mir mit, dass er eine Fantasy-Trilogie geschrieben und veröffentlicht hätte. Er bot an, mir ein Exemplar der Gesamtausgabe zuzuschicken, damit ich es auf meinem Kanal vorstellen könne. Ich hatte natürlich schon davon gehört, dass Kolleginnen aus meiner Booktube-Community so etwas angeboten bekommen. Aber ich... Belletristik Basti mit meiner (zu diesem Zeitpunkt) sehr überschaubaren Anhängerschaft von genau 173 Abonnenten?! Das konnte doch nur ein Irrtum sein!

Letztendlich lernte ich auf diesem Weg nicht nur ein wundervolles neues Fantasy-Universum, sondern auch einen Freund kennen. T.U. Zwolle hat es geschafft, mich ab der ersten Seite in einen Bann zu ziehen, der mich nun definitiv nicht mehr loslassen wird. Erscheint einem die Gesamtausgabe „Die Legende der Zauberjäger" im ersten Moment wie ein dicker Wälzer, mit dem man es erst mal aufnehmen muss, möchte man es im nächsten Moment gar nicht mehr aus der Hand legen. Es ergießt sich aus diesem Werk ein wahres Füllhorn aus Heldentum, Kampfeslust und Magie. Ein spezielles Augenmerk ist auf jede einzelne Kampfszene zu legen. Ich konnte hier beim Lesen förmlich das Scharren und Kratzen von Schwertern auf Streitäxten spüren. Meine Muskeln spannten und entspannten sich buchstäblich im Laufe der tosenden Gefechte. Nach geschlagener Schlacht kriechen einem dann die kräftigen

Gerüche des Festmahls der Zwerge in die Nase und man vernimmt derbe Trinksprüche und wüste Flüche aus deren bärtigen Erscheinungen, die sie genauso unbezähmbar wie auch ursympathisch erscheinen lassen.

Nun befindest du dich also mitten in der zweiten Trilogie. Es erwarten dich noch mehr Abenteuer, schreckliche Bestien, neue Dimensionen und ein exklusiver Einblick in Gadahs Leben vor den Zauberjägern. Also lehne dich zurück und lass dich ein weiteres Mal in die magische Welt der Zauberjäger entführen!

Belletristik Basti
November 2021

Interview mit T. U. Zwolle

Zuerst möchte ich mich ganz herzlich bedanken, denn ich sehe es durchaus nicht als Selbstverständlichkeit an, die Möglichkeit zu erhalten, meine eigenen erdachten und geschriebenen Worte in einem Werk abgedruckt zu sehen, das mir so sehr ans Herz gewachsenen ist wie die Reihe um die Zauberjäger. Vielen Dank!

Im Folgenden werde ich dem Autor zehn Interview-Fragen stellen, auf deren Beantwortung ich sehr gespannt bin.

Belletristik Basti
Abensberg, November 2021

Lieber Thomas:

Du hast dir einen sehr detailverliebten und bildhaften Schreibstil erarbeitet. Welche Autoren waren auf diesem Weg wichtige Einflüsse oder gar Vorbilder für dich?

Vielen Dank für die Blumen. Ich habe früh in meinem Leben angefangen zu lesen, kam aber erst spät zum Fantasygenre. Ein Schulkamerad brachte mir den kleinen Hobbit mit und dann den Herrn der Ringe. Von da an, war ich mit dem Fantasyvirus infiziert und habe alles gelesen, was mir in die Finger kam. Zu meinen Lieblingsautoren in dem Genre zählen Markus Heitz, Michael Peinkofer, J.R.R Tolkien, Richard Schwartz und Tad Williams. Dies sind alles Autoren, die wunderbare Welten erschaffen haben und eine breite Leserschicht begeistern. Und dies zurecht. Mich der Heroic Fantasy zuzuwenden hat allerdings ein anderer Autor verschuldet: David Gemmell. Leider ist dieser schon viel zu früh verstorben. Seine Helden waren rau, direkt und zwiegespalten. Sein Schreibstil war neu und faszinierend für mich. Ich kann jedem nur ans Herz legen, seine Werke zu lesen und zu entdecken, dass Heroic Fantasy mehr ist als Hack and Slay.

Wann, und warum hast du begonnen eigene Geschichten zu schreiben?

Geschichten habe ich immer schon im Kopf gehabt, allerdings war ich nie dazu gekommen, diese niederzuschreiben. Mal fehlte aufgrund meiner hauptberuflichen Tätigkeit die Zeit, mal standen andere Interessen im Vordergrund. Mit Anfang dreißig habe ich die Inspiration zu den Zauberjägern gehabt und angefangen sie niederzuschreiben. Bislang habe ich es auch nicht bereut.

Welches Genre liest du, wenn du nicht gerade an einem eigenen Buch arbeitest?

Ich lese Bücher aus vielen Genres. Natürlich Fantasy, historische Romane, Thriller aber auch sogenannte Groschenromane oder Comics. Wenn man die Augen offen hält, findet man überall Inspiration und einen literarischen Genuss.

Hast du autobiografische Einflüsse verwendet beim Schreiben der Zauberjäger-Reihe?

Autobiografische Einflüsse habe ich nicht verarbeitet, aber einige meiner Freunde sind als Charaktere eingeflossen oder haben Gastrollen. Zum Beispiel ist Atriba inspiriert durch eine langjährige Freundin und Kollegin. Der irre Priester Mahce wurde durch meinen besten Freund geprägt. Auch Mikos, Huneriks Gefährte ist an einen guten Freund angelehnt, der seither immer Mikos genannt wird. Sorry, Michael…

Ein besonders hervorzuhebendes Merkmal dieser Reihe, sind die Kampfszenen. Jene sind so detailreich beschrieben, dass ich an manchen Stellen förmlich das Kratzen von Stahl auf Stahl vernehmen konnte. Verfügst du über persönliche Erfahrungen oder Interessen in diesem Bereich?

Ich bin keine Reinkarnation eines römischen Feldherren, der mitten in der Schlacht gestanden hat. Aber ich liebe opulente, bildgewaltige Filme, in denen Helden im Mittelpunkt stehen, die ihren Mann bzw. Frau stehen. Ich glaube, das dies auch meine Inspiration ist. Mein Ziel beim Schreiben ist es, beim Leser einen Film ablaufen zu lassen, der greifbar ist. Mich persönlich langweilt es, wenn in Büchern zu viele Nebensächlichkeiten vorkommen und der Autor den Leser über zehn Seiten Landschaftsbeschreibung treibt. Dies kann an den richtigen Stellen funktionieren, aber leider wurde das oftmals überreizt. Ich setze bei meinem Schreibstil auf die Handlung und die handelnden Charaktere, der der Story ihren Stempel aufdrücken. Ich glaube, dies macht das Tempo in meinen Geschichten aus und passt besser zu meinem Stil.

Thom spielte in der ersten Trilogie der Zauberjäger eine sehr wichtige Rolle. Wird er uns im nächsten Band womöglich wieder öfter begegnen?

Thom war eine, wenn nicht sogar die Hauptfigur der ersten Zauberjäger-Trilogie und ich habe ihn sehr gemocht, da er die größte Entwicklung durchgemacht hat. Aber seine Geschichte ist fertig erzählt. Natürlich könnte man ihn jetzt durch Taschenspielertricks wieder in die Story holen, aber das schließe ich aus. Die neue Trilogie hat ihre tragenden Charaktere und diese benötigen Platz sich zu entfalten.

Krok ist einer meiner liebsten Charaktere in diesen Büchern. Seit ich ihn im ersten Band kennengelernt habe, sieht er in meiner Phantasie wie der Schauspieler Jason Momoa aus. Inwieweit trifft das auch auf deine Idee für den Leibwächter des Königs zu?

Das ist das Schöne an Büchern. Jeder hat, trotz Beschreibung der äußerlichen Merkmale, die Freiheit sich ein eigenes Bild zu machen. Man bedenke, wie sehr sich oftmals ein Film von einem Buch und den eigenen Bildern im Kopf unterscheidet. Tatsächlich hatte ich bei Krok eher die Figur des Götz von Berlichingen im Kopf, deswegen auch der eiserne Arm.

Um konkretere Vorstellungen von fiktiven Charakteren zu generieren, bieten Verlage und Autoren oft sogenannte Charakter-Cards an. Könntest du dir dieses Format auch für deine Zauberjäger vorstellen?

Jeder Autor arbeitet anders. Ich kann es mir derzeit nicht vorstellen, mit Charakter-Karten zu arbeiten. Am Anfang habe ich die Charaktere mit ihren grundlegenden Eigenschaften im Kopf. Im Laufe der Geschichte wird der Charakter durch den Ablauf selbst beeinflusst. Für mich hat sich dies im Schreibprozess bewährt, da ich auf spontane Ideen reagieren kann und diese in die Story einfließen lassen kann.

Was wird uns im nächsten Zauberjägerband erwarten? Ist womöglich ein großes Finale der Reihe angedacht?

Meine Absicht war es nie, die Zauberjäger als Endlosreihe zu konzipieren. Ich spiele mit dem Gedanken, die Zauberjäger mit dem nächsten Band zu beenden. Ganz aufgeben möchte ich sie allerdings nicht. Eventuell werden Einzelbände in einer losen Reihenfolge erscheinen. Die Alternative ist, dass es eine dritte Trilogie geben wird, die dann den Abschluss der Geschichte darstellt. Entschieden habe ich mich aber noch nicht.

Arbeitest du bereits an neuen Projekten außerhalb des Zauberjäger-Universums?

Derzeit habe ich ein Soloprojekt im Auge, was in einem Science-Fiction-Setting angesiedelt ist. Und dann natürlich unser gemeinsames Projekt, dem Horror-Kurzgeschichtenband :-)

Prolog

Mein Rücken brannte von den Peitschenhieben des Optios und meine Muskeln zitterten vor Schmerzen. Die Genugtuung, mich Schreien zu hören, gönnte ich dem Bastard nicht und presste die Lippen, so fest ich es vermochte, zusammen.

Die nächsten Hiebe trafen auf die bereits aufgeplatzten Hautpartien und rissen noch tiefere Wunden in mein Rückenfleisch. Ich konnte nur hoffen, dass der Armeearzt sein Handwerk verstand, sonst wäre ich im Arsch.

„Vierundzwanzig, fünfundzwanzig ...", hörte ich den Centurio zählen. Dreißig Hiebe musste ich durchhalten, dann hätte ich es geschafft.

Die letzten Schläge wurden härter ausgeführt als die vorherigen. Der Optio, der die Peitsche schwang, hatte wahrscheinlich die Hoffnung, meine Schreie zu hören. Aber ich blieb stumm. Es war der einzige Triumph, den ich heute haben würde. Meine Sinne schwanden und gnadenvolle Dunkelheit senkte sich über mich.

„Junge, du hast Glück gehabt. Hast eine Haut wie Leder."

Mein Rücken brannte wie Feuer und fühlte sich wie eine einzige große pochende Wunde an. „Wenn das Glück war, will ich kein Pech erleben", hörte ich mich selbst auf der Pritsche murmeln. Mein Mund fühlte sich trocken an und ein schlechter Geschmack hatte sich in ihm ausgebreitet.

„Hab schon Kerle bei dreißig Peitschenhieben sterben sehen. Du wirst ein paar Tage auf dem Bauch schlafen müssen, dann geht's wieder." Der alte Arzt verpackte seine Instrumente und seinen Salbentiegel in einen Beutel.

Ich drehte den Kopf und versuchte festzustellen, welche Tageszeit herrschte.

„Du hast einen halben Tag geschlafen, Legionär Rochard. Für heute kann ich dich dienstunfähig schreiben, aber morgen wird dich der Optio wieder auf den Exerzierplatz zerren, darauf kannst du einen lassen. Was hast du eigentlich angestellt?"

Einen Moment überlegte ich, ob ich antworten sollte oder nicht. Aber es sprach ja nichts dagegen. „Ich habe Militäreigentum an die Händler verkauft und dann das Geld bei den Huren durchgebracht."

„Dann sollte ich mir deinen Schwanz anschauen, nicht, dass du dir bei einer der Damen die Seuche geholt hast." Der Arzt gluckste vergnügt.

„Danke, aber hau einfach ab und lass mich schlafen." Ich versuchte, mich auf die Seite zu drehen, aber die Schmerzen ließen es nicht zu.

„Du solltest heute ruhig liegenbleiben, einige Wunden werden sich wieder öffnen, wir werden uns also bald wiedersehen." Mit diesen Worten verschwand der Arzt aus den Unterkünften und ich lag alleine auf meiner strohbedeckten Pritsche. Meine Kameraden waren beim Exerzieren und würden erst bei Einbruch der Dunkelheit zurückkehren. Mir blieb etwas Zeit, um zu schlafen und Kräfte zu sammeln. Ich würde sie benötigen.

Ich wachte auf, als meine Kameraden von ihrem Marsch zurückkehrten und sich für das Abendessen wuschen.

„Meine Fresse, Hunerik hat uns heute ganz schön rangenommen. Meine Füße kannst du als blutiges Stück Fleisch im Gasthaus servieren."

„Halt die Fresse, Erkilor. Glaubst du, mein Rücken fühlt sich besser an?" Ich setzte mich auf. Diesmal klappte es ohne allzu große Schmerzen. Ich griff nach einem Wasserkrug und trank gierig.

„Mit dem Unterschied, dass du selbst schuld an deinem Elend bist. Wenn du nicht so geil auf die schwarzhaarige Hure gewesen wärst, die nur den Offizieren vorbehalten ist, hättest du einen Rücken wie ein Babyarsch."

Ein Grinsen zeigte sich auf meinem Gesicht. „Aber sie war es wert, mein Freund." Ich dachte an die Nacht zurück mit ihr. Sie war teuer und nur Offiziere konnten sie sich leisten. Deswegen hatte ich ein paar Rüstungsteile verkauft.

„Keine Frau ist es wert, dass man sich für sie auspeitschen lässt." Erkilor warf mir einen Apfel zu, den ich mit Mühe fangen konnte.

„Mensch, sie hat mir fast das Gehirn rausgelutscht, es war göttlich." Ich biss herzhaft in den Apfel und kaute hungrig.

„Wenn du dir sowas nochmal erlaubst, wirst du nicht mit ein paar Peitschenhieben davonkommen, das weißt du", mahnte mich Erkilor. Er war der besonnenere von uns beiden und der einzige Kamerad, der einen regen Kontakt zu mir pflegte. Viele der anderen Legionäre verachteten mich, weil ich das Schwert besser zu führen verstand als sie und ich bekannt dafür war, mich nicht an Regeln zu halten, wenn es nicht unbedingt sein musste.

Ich winkte ab und biss wieder in den Apfel. „Was hat der Schänder mit euch heute angestellt?", wollte ich wissen.

„Nicht der Rede wert. Dreißig Meilen marschieren bei vollem Gepäck und ohne Pause. Weder zum Pissen noch zum Trinken kamen wir." Erkilor trank in kleinen Schlucken aus seiner Feldflasche. Würde er den Inhalt einfach hinunterstürzen, hätte er sich übergeben müssen, das wusste er. Einige der anderen Kameraden wussten es nicht und liefen hektisch hinaus, um sich dort auszukotzen.

Erkilor beugte sich zu mir herüber. „Wie war es denn?"

„Beschissen", gab ich zu. „Aber ich habe nicht geschrien."

„Hättest du dich vernünftiger verhalten, wärst du nicht ausgepeitscht worden", bemerkte Erkilor trocken und drehte sich zu einem Kameraden, der es nicht mehr zum Kotzen aus der Türe geschafft hatte.

„Manchmal hasse ich dich für solche Klugscheißereien. Hilf mir lieber mal auf, damit ich mich etwas strecken kann. Ich glaube nicht, dass Hunerik mich morgen schonen wird, nur weil ich ausgepeitscht worden bin."

„Der wird dich die Strecke von heute nachholen lassen."

„Dieser Hurensohn. Er schindet uns ohne Gnade." Ich griff nach Erkilors Hand und zog mich hoch. Mein gepeinigter Rücken rebellierte, aber die Wunden platzten nicht wieder auf. Insgeheim graute es mir schon vor dem morgigen Tag, aber diese Nacht würde ich Ruhe haben und mich erholen können.

***

Es war dunkel und die Luft roch nach Regen. Gadah saß mit Atriba in einem kleinen Zelt und zwischen ihnen stand eine Flasche Wein.

„Die Armee ist hart und erbarmungslos." Atriba nippte an ihrem Wein und schaute Gadah an.

„Für jemanden, der sich nicht fügt, ja. Wenn man sich einmal angepasst und unterworfen hat, geht es. Hunerik hat mich gelehrt, wie man sich beugt."

„Aber er hat dich nicht gebrochen."

„Nein, ein gebrochener Soldat kämpft nicht, sondern läuft davon. Ein Mann, der keinen Mumm mehr in den Knochen hat, wird nicht im Angesicht des Feindes stehenbleiben und kämpfen.

„Du hast immer gekämpft", bemerkte Atriba und sah Gadah in die Augen.

Gadah lächelte milde. „Immer. Seit ich auf eigenen Beinen stehe, habe ich gekämpft. Zunächst aus Spaß, später weil ich es musste."

Rochard

Der Jahrmarkt. Es roch nach duftendem Gebäck und gebratenem Fleisch. Ich war ein junger Mann und musste meinen Unterhalt verdienen. Und da ich weder besonders gut im Backen oder Kochen war, fiel mir die Ehre der Unterhaltung zu.

Was man so Ehre nannte.

Ich konnte mich mit Bauerntrottel herumschlagen, die zum ersten Mal eine Klinge in der Hand hielten und dachten, sie könnten vor ihrer Verlobten oder ihren Freunden damit angeben. Mit ihnen konnte man ein wenig spielen und sie leicht entwaffnen. Mehr aufpassen musste ich bei den betrunkenen Soldaten, die zumeist mit ihrer Waffe umzugehen verstanden. Zu ihrem Leidwesen stand ihnen der Alkohol allzu oft im Weg. Hoffentlich waren sie auf dem Schlachtfeld nüchtern, sonst sah ich schwarz für unser Königreich.

Ich erlernte den Schwertkampf bei meinem Vater, der Wert darauf gelegt hatte, dass sein Sohn in die Armee eintreten würde. Kaum, dass er gestorben war, schnappte ich mir sein Schwert und zog in die Welt, um etwas zu erleben. Ich beabsichtigte in Freiheit zu leben und nicht in einer Uniform. Mein jüngerer Bruder blieb bei meiner Mutter und führte die Schweinefarm weiter. Ich hasste die Tiere und meine Mutter hatte immer gewusst, dass ich nur meinem Vater zuliebe geblieben war. Jetzt, mit Mitte zwanzig, hatte ich zehn Jahre Freiheit hinter mir und besaß das gleiche Hab und Gut wie bei meiner Abreise. Das Schwert meines Vaters, ein paar gute

Stiefel und die Kleidung, die ich am Leib trug. Arm an materiellen Gütern aber reich an Erfahrung, vor allem mit dem weiblichen Geschlecht, verdiente ich zur Zeit mein Essen mit der Darbietung meiner Schwertkünste. Ich verdiente nicht schlecht aber die Dirnen in den Städten waren teuer. Und den Schnaps bekam ich auch nicht geschenkt.

Wenn mich jemand fragen würde, in welcher Stadt ich mich gerade befand, hätte ich nur die Schultern gezuckt. Jede Stadt sah letztendlich gleich aus. Das einzig beständige in meinem Leben waren einige der Schausteller des Jahrmarktes, die von Stadt zu Stadt zogen und denen ich folgte.

Vor mir stand einer jener Bauerntrottel, die sich vor ihren Freunden hervortun wollten. Feistes Gesicht und starke Muskeln. Das stumpfe Übungsschwert hielt er wie seinen Schwanz in der Hand, den er zum Pissen hervorgeholt hat. Seine Freunde johlten ihm von der Seite des Platzes zu und bewunderten seinen Mut. Da er fünf Kupferstücke gesetzt hatte, beschloss ich, ihn nicht allzu schlecht dastehen zu lassen und parierte seinen ungeschickten Angriff mit einer schnellen Seitwärtsbewegung meiner Klinge. Der Junge, mochte er siebzehn oder achtzehn sein, wurde von seinem eigenen Schwung zur Seite getragen und fing sich leidlich wieder. Ich ließ ihn drei Atemzüge verschnaufen.

„Guter Angriff, junger Mann", lobte ich ihn. Die Zuschauer applaudierten und feuerten ihn an.

Der Junge hob seine Klinge wieder, hoch erhoben über seinem Kopf, rannte er auf mich zu. Ich wollte jetzt ein Ende machen, damit ich etwas Trinken konnte. Meine Kehle verlangte nach einem Schnaps und mein Schwanz nach einem feuchten Loch. Ich parierte diesmal den Schlag nicht, sondern wich der heruntersausenden Klinge mühelos aus. Meine Schwertspitze stach in den dicken Hintern des Jungen. Er quiekte auf und ließ sein Schwert fallen.

„Tod", sagte ich und berührte mit meiner Schneide seine Nierengegend.

Betrübt sank der Kopf des Jungen herab.

„Er hat sich gut geschlagen", rief ich in die Runde, um das Publikum zum Klatschen zu animieren. Innerlich rechnete ich mir aus, wie weit ich mit den fünf Kupferstücken kommen würde an diesem Abend.

Im Gasthaus stand ein großer Krug mit Bier vor mir und ich wartete auf mein Essen. Eintopf mit Fleisch. Angeblich gab es Hammel, aber es war mir egal, ob es Hammel, Rind oder Wild war. Solange es nicht Katze oder Hund war, konnte ich es mir schmecken lassen.

Die vollbusige Bedienung war an die dreißig und sah etwas verlebt aus. Aber aus der Nacht zuvor wusste ich, dass sie ihre Qualitäten besaß. Während sie einen gut gefüllten Teller vor mir platzierte, purzelten zwei der verdienten Kupferstücke in ihren Ausschnitt. „Wenn du hier fertig bist, kannst du mit auf mein Zimmer kommen", raunte ich ihr zu.

Sie antwortete mit einem hübschen Lächeln und strich mir über die Wange. „Bis später, Liebling."

Ich konnte mir ein Grinsen nicht verkneifen und begann mir die warme Mahlzeit in den Mund zu schieben. Zum Eintopf wurde frisches Brot serviert. Ich riss ein Stück ab und tunke es in die Soße. Abzüglich der Bedienung und des Essens verblieben mir vom Tag zwei Kupferstücke. Das Zimmer hatte ich für eine Woche im Voraus bezahlt. Kein schlechter Verdienst.

Eine Gruppe von Musikanten stolzierte in den Gastraum und versuchten mit Trommeln und Flöten Stimmung zu bringen. Die schon halb betrunkenen Zecher klatschten beim ersten Ton des Rhythmus mit und schlugen ihre Krüge auf die Tische.

Ein Schatten fiel auf meinen Tisch und nahm mir die Sicht auf die Musikanten.

„Bist du Rochard, der Schwertkämpfer?"

Ohne aufzusehen, schob ich mir einen weiteren Löffel des Eintopfes in den Mund und kaute. Ich wedelte mit der Hand, um den Mann zu vertreiben. Ich wollte nur meine Ruhe haben und mich satt essen. Mein Interesse an sinnlosen Gesprächen mit irgendwelchen Bewunderern hielt sich in engen Grenzen. Leider bewegte sich der Mann nicht aus meinem Sichtfeld.

„Ich sehe schon, du bist schwer zugänglich." Der Mann, dessen Gesicht ich bislang nicht gesehen hatte, kramte in seiner Tasche.

„Kumpel, wenn du dich setzen willst, dann setz dich hin, ich habe kein Interesse daran den ganzen Abend auf deine Eier zu starren." Ein weiterer Löffel fand den Weg zu meinem Mund und ich kaute intensiv.

Der Mann zog einen Stuhl heran und setzte sich. Gleichzeitig warf er eine Goldmünze auf den Tisch.

Erstaunt hielt ich inne und schaute dem Mann in die Augen.

„Habe ich jetzt deine Aufmerksamkeit?", fragte er mich. Ein schwarzer Schnauzbart zierte sein Gesicht.

„Die hast du." Ich schob den Eintopf von mir weg und trank einen großen Schluck Bier. Dann nahm ich die Goldmünze in die Hand und betrachtete sie von allen Seiten. „Wen soll ich dafür umlegen?"

„Du gehst mit dem Leben deiner Mitmenschen leichtfertig um. Aber ich beruhige dein Gewissen. Wenn ich jemanden suche, um zu töten, bezahle ich nicht soviel. Ein Messer in der Dunkelheit kostet einen Silbertaler."

Ich zuckte die Schultern und trank einen weiteren Schluck Bier. Manchmal musste man die Leute reden lassen, dann erfuhr man mehr.

„Mein Name ist Ugur."

„Ugur, und weiter?"

„Nur Ugur." Mein neuer Tischnachbar schnippte mit den Fingern und meine Lieblingsbedienung kam an den Tisch, um die Bestellung aufzunehmen. „Einen Krug Wein für mich und meinen neuen Freund."

Sie schaute mich kurz an, aber ich erwiderte den Blick nicht. „Rotwein oder Weißwein?"

„Den besten Rotwein, den ihr hier habt."

Ohne ein weiteres Wort zu verlieren ging sie mit kokettem Hüftschwung davon und verschwand in der Küche, um dort den Wein zu holen.

„Zur Sache", nahm Ugur das Gespräch wieder auf. „Ich komme im Auftrag eines Adeligen, der von dir gehört hat und sich gerne mit dir in der Kunst des Schwertkampfes messen würde."

Applaus brandete für die Musikanten auf und ich wartete einen Augenblick mit der Antwort. „Du meinst, dein Herr will ein Duell mit mir?"

„Ja, das meine ich." Er verstummte als die Bedienung mit einem Krug Wein zum Tisch zurückkehrte und dazu zwei Becher auf den Tisch stellte. Sie zwinkerte mir zu und ging zu einem anderen Tisch.

„Deine Freundin?"

„Geht dich nichts an", erwiderte ich und schenkte mir einen Becher Wein ein. Ich zog Bier zwar dem Rebensaft vor, aber wenn er kostenlos war, würde ich auch damit einen ordentlichen Rausch bekommen können.

„Ich sehe, du trennst Spaß und Geschäft." Ugur schenkte sich ebenfalls einen Becher Wein ein und kostete. „Ich bin überrascht, der Laden sieht nicht nach gutem Wein aus."

„Du warst an der Stelle stehen geblieben, wie viel dein Herr mir für das Duell bezahlen will."

In Anbetracht meiner Gier nach dem Gold war Ugur genervt. Er war es anscheinend gewohnt, dass man Ewigkeiten über die Dinge lamentierte.

„Mein Herr ist bereit, insgesamt drei Goldtaler zu bezahlen."

Ich überlegte kurz. „Fünf."

„Was meinst du?"

„Ich sagte, ich will fünf Goldtaler haben, wenn ich mit deinem Herrn die Klingen kreuze."

„Das ist unverschämt." Entrüstet sah mich Ugur an.

„Du bist zu mir an den Tisch gekommen. Nimm an, oder lass es." Ich schnappte den Goldtaler, der auf dem Tisch lag. „Und den behalte ich für meine vergeudete Zeit auf jeden Fall."

Röte stieg am Hals des Laufburschen auf. „Gut, wenn du morgen zum Duell erscheinst, erhältst du vier weitere Goldstücke. Unabhängig davon, wie der Kampf ausgeht."

„Wie sind die Regeln?", fragte ich.

„Bis zum ersten Blut."

„Dann verlange ich sechs Goldstücke", forderte ich nach kurzem Zögern.

„Was? Du bist ein ..."

Ich hob die Hand. „Ja oder nein?"

„Ja", presste Ugur zwischen zusammengepressten Lippen hervor.

„Wann und wo?"

„Morgen früh, bei Sonnenaufgang. Auf dem Friedhof vor der Stadt."

„Ich werde da sein." Ohne ein weiteres Wort zu verlieren, stand ich auf und ging in mein Zimmer. Ich lehnte mein Schwert neben das Bett und legte mich auf den Rücken. Die Hände hinter dem Kopf verschränkt, schlummerte ich leicht vor mich hin und wurde von einem zaghaften Klopfen geweckt. Mein Mädchen für die Nacht huschte herein und wollte mir ein paar schöne Stunden bereiten.

Der Morgen war verregnet und ich war schon nach einem Dutzend Schritten bis auf die Haut durchnässt. Meine Stiefelschritte hallten auf dem nassen Pflaster wieder. Ich legte den Kopf in den Nacken und fing die dicken Regentropfen mit meiner Zunge auf. Mein Mund schmeckte nach der salzigen Haut meiner nächtlichen Bettpartnerin.

Ich trug mein Schwert heute auf dem Rücken, und ich spürte das Gewicht der Klinge, was mir ein sicheres Gefühl bescherte. Ich fühlte mich immer sicher, wenn ich mein Schwert bei mir trug.

Der Weg zum Friedhof schlängelte sich einen sanften Hügel hinauf und mündete auf einen großen runden Platz, der mit Pflastersteinen ausgelegt war.

Die Gruppe von drei Gestalten konnte ich schon, trotz des dämmrigen Lichts, von weitem erkennen. Eine der Gestalten vollführte Dehnübungen als ich bei ihnen ankam. Ugur begrüßte.

„Ich wünsche einen schönen guten Morgen, ehrwürdiger Rochard." Er umfasste meine Schultern und machte mit einer Hand eine ausladende Handbewegung. „Hier siehst du deinen Kontrahenten, dessen Namen ich dir nicht verraten werde. Aber sei sicher, dass er von edlem Blut ist."

Der Mann schloss seine Dehnübungen ab und nickte mir zu. „Ich hörte, du bist der beste Schwertkämpfer, den Ugur je gesehen hat. Nach mir ... Ich liebe es, mich mit Gegnern auf Augenhöhe zu messen. Das ständige Üben mit zweitklassigen Gegnern ödet mich an."

Der Junge fiel mir auf die Nerven. Ich wollte das hier so schnell wie möglich hinter mich bringen. „Ich will das Gold und dann können wir die Klingen kreuzen."

„Du hattest recht, Ugur. Er ist ein Bauerntrampel, der keinen Sinn für ein ehrenvolles Duell hat. Ich hoffe, seine Fähigkeiten mit der Klinge sind besser als seine Manieren." Er nickte Ugur zu und dieser holte einen Beutel mit klimpernden Münzen hervor.

„Hier, nimm dein Geld und kämpfe gut dafür." Ugur warf mir den Beutel zu und ich fing ihn aus der Luft auf.

„Wer ist denn er?" Ich deutete auf den dritten Mann, der mir bislang nicht vorgestellt worden war.

„Er ist mein Leibwächter", antwortete mein Kontrahent.

Ich warf einen Blick auf seinen Begleiter und steckte das Gold weg. „Nun gut, dann sollten wir es hinter uns bringen."

„Ugur hat dich über die Regeln informiert. Bis zum ersten Blut. Keine tödlichen Hiebe."

Ich nickte knapp. Die Regeln kamen mir zugute. Bei den Vorstellungen konnte ich die Bauernburschen, die sich mit mir messen wollten, auch nicht enthaupten, um drei Kupferstücke zu bekommen. Ich schnallte die Scheide von meinem Rücken und zog mein Schwert. Mein Anderthalbhänder fühlte sich wie der verlängerte Teil meines Armes an. Entspannt stellte ich mich dem Jungen gegenüber.

„Dann kann der Kampf beginnen", sagte Ugur und klatschte in die Hände.

Der junge Adelige verlor keine Zeit und sprang vor. Seine Klinge wirbelte durch die Luft und traf in der Luft auf meine. Hätte ich den Schlag nicht geblockt, hätte er mir das Ohrläppchen abgeschnitten. Ich schob die Klinge beiseite und er machte nicht den Fehler kraftraubend dagegen zu halten. Er ließ es zu und brachte sich mit geschickter Beinarbeit für den nächsten Angriff in Stellung. Ich musste zugeben, dass er kein Anfänger war und trotz seines jungen Alters geschickt mit der Klinge umzugehen wusste.

„Du hattest gute Lehrer", bemerkte ich.

„Die Besten", gab er zurück und vollführte seinen nächsten Angriff. Blitzschnell zog er sein Schwert zurück und stach nach meiner Schulter. Ich brachte mit einem Sprung nach hinten Abstand zwischen mich und seiner Schwertspitze und er stach ins Leere. Der Junge war schnell wie eine Schlange und ich musste aufpassen, wenn ich heute Abend gesund im Bett liegen wollte. Ich wechselte die Auslage und schob die linke Schulter vor. Unsere Klingen berührten sich an den Spitzen und jeder lauerte auf den Angriff des anderen. Diesmal wollte ich mein Glück versuchen. Ich täuschte einen Angriff auf seine linke Seite vor. Seine Abwehr schlug ins Leere, sodass seine rechte Rippenseite für einen Wimpernschlag ungedeckt war. Mit einer schnellen Drehung kam ich an ihn heran, stieß ihm meinen Ellenbogen in die Rippen. Hörbar presste der Schlag die Luft aus seiner Lunge und verlangsamte seine Reflexe. Mit dem linken Fuß trat ich in seine rechte Kniekehle und das Bein knickte unter ihm weg. Meine Schwertspitze ritzte seine Wade und ich sah einen kleinen Blutstrom durchsickern.

Ugur atmete erschrocken ein.

Der Junge schrie vor Schreck kurz auf und sank auf die Knie.

Mein Schwert berührte sanft seine Halsbeuge. „Tot", sagte ich leise und trat zurück. Das erste Blut war geflossen und der Kampf vorbei.

Ich drehte mich zu meinen Sachen um, die ich abgelegt hatte, und hob die Scheide vom Boden auf.

Der Adelige atmete schwer und war sichtlich beschämt ob seiner Niederlage.

„Du hast gut gekämpft, du warst der beste Gegner, der sich mit mir gemessen hat." Ich drehte mich um und steckte mein Schwert in die Scheide.

„Warte! Du Bastard hast mich verletzt."

Ich zuckte mit den Schultern. „Das kann passieren, wenn man sich mit Männern misst und nicht reif genug dafür ist." Ich drehte mich um. Ich wollte keinen weiteren Streit, aber ich war bereit, mich meiner Haut zu wehren, wenn es nötig sein würde.

„Erledige ihn", zischte Ugur dem Leibwächter zu und dieser rückte mir auf die Pelle.

„Ich bin der Lehrer des Jungen", sagte er mit dunkler Stimme.

„Du hast gute Arbeit geleistet, aber du solltest verhindern, dass er sich mit Gegnern misst, die ihm überlegen sind." Meine Hand umfasste den Griff meines Schwertes fester und ich war bereit, es zu ziehen. „Wir haben vereinbart, dass wir bis zum ersten Blut kämpfen, der Junge hat verloren. Das sollte er akzeptieren und weiter üben."

Der dunkel gekleidete Mann ging nicht auf meinen Einwand ein und ich versicherte mich, dass Ugur nicht eingreifen würde. Er kniete bei seinem Herrn und presste ein Tuch auf die Schnittwunde.

„Der Herr ist das Verlieren nicht gewohnt und wenn du tot bist, habe ich zumindest seine Niederlage gerächt." Er zog sein Schwert und ging in Ausgangsstellung.

„Willst du das wirklich?" Zorn stieg in mir hoch. Die sechs Goldtaler musste ich mir hart verdienen.

„Zieh deine Klinge und ..." Er wollte mich ablenken mit seinem Gerede, aber ich kannte die Kniffe, die man anwenden konnte, um einen Gegner zu überraschen, und so war ich auf seinen Angriff vorbereitet. Ansatzlos stieß er seine Waffe nach vorne, um sie mir ins Herz zu jagen.

Ich tauchte unter der scharfen Schneide weg und vollführte eine Rolle vorwärts, die mich auf Nahkampfdistanz brachte. In meinem rechten Stiefel steckte ein Messer. Ich zog es und schlitzte dem Kerl die Leiste auf. Wichtige Gefäße verliefen dort und so blieb ihm nichts weiter übrig, außer Schreien, Bluten und Sterben. Nachdem der kurze Todeskampf vorbei war, wandte ich mich nochmals Ugur und dem jungen Adeligen zu. „Wollt ihr noch mehr Blut sehen heute?" Ich hielt das besudelte Messer in der Hand und musste so wirken, wie ich mich fühlte: Für alles bereit.

Beide senkten den Kopf.

Zufrieden nahm ich mein Schwert wieder auf und schnallte es mir beim Weggehen wieder auf den Rücken. In diesem Moment hatte ich das Gefühl eines Sieges in mir, und die Gram über einen unnötigen Toten. Aber wenn ich geahnt hätte, was folgte, hätte ich die Beine in die Hand genommen und wäre fortgelaufen bis ans Ende der Welt.

Atriba

„Das war ja furchtbar." Die Magierin wirkte ernsthaft entsetzt und legte Gadah die Hand auf den Unterarm.

„Es war unnötig. Der Junge hätte seine Niederlage akzeptieren können. Niemandem wäre an diesem Tag etwas geschehen. Aber verletzter Stolz wiegt oftmals schwerer als Vernunft." Gadah zündete sich eine weitere Pfeife an und schmauchte genussvoll.

„Ihr Männer seid manchmal komisch. Manchmal denke ich an Thom und frage mich, was geschen wäre, wenn er nicht auf dich getroffen wäre."

„Er wäre entweder im Kloster geblieben oder er hätte irgendwann eine Frau gefunden, die ihm über alles hinweggeholfen hätte. Ich habe ihm erst die Möglichkeit gegeben, dass er Rache nehmen konnte. Ich war derjenige, der ihn getötet hat. Hätte ich ihm nicht beigebracht mit dem Schwert umzugehen, hätte ich ihn nicht töten müssen. Vielleicht hätten wir aber auch damals verloren, er hat schließlich eine bedeutende Rolle im Krieg gespielt. Das Schicksal ist ein Arschloch."

„Denkst du noch oft an ihn?"

„Jeden verdammten Tag sehe ich seinen gebrochenen Blick und spüre seinen letzten Atem auf meinem Gesicht. Aber er hat mir vergeben und er hat mir einen Teil meines inneren Friedens zurückgegeben." Er tätschelte Atribas Hand. „Manche Menschen sind zum Krieger geboren und ihnen steht kein anderes Glück zu."

„Das klingt verbittert."

„Ich hatte schöne Jahre mit Milana. Jetzt hat mich der Kampf wieder. Wie es scheint, sucht er mich und ist einen Schritt schneller als ich."

„Es gibt genug Menschen, die dich nicht nur wegen deiner Kampfkraft schätzen, Gadah." Atriba beugte sich gespannt vor. „Wie ging es damals weiter? Nach dem Auspeitschen."

Rochard

„Aufwachen!"

Eine Ladung kaltes Wasser klatschte mir ins Gesicht und riss mich aus meinen nicht vorhandenen Träumen. Benommen wischte ich mir durchs Gesicht und sah die gewaltige Gestalt Huneriks auf mich herabblicken.

„Schwing deinen Arsch aus dem Bett und mach, dass du auf den Exerzierplatz kommst, sonst jage ich dich mit dem Knüppel dahin", fuhr er mich an.

Da ich noch benebelt von dem Schlaftrank war, den der Arzt mir gegeben hatte, waren meine Reaktionen schnell genug. Huneriks Knüppel traf mich knapp über der Leber und löste einen pulsierenden Schmerz in mir aus, der mich tanzende Sterne sehen ließ.

„Nochmal bin ich nicht so freundlich", schnauzte er mich an.

Ich setzte meine Beine auf den Boden und hob meinen Oberkörper an. Zischend sog ich die Luft zwischen meinen Zähnen ein. Mein Rücken fühlte sich an wie ein gespanntes Bettlaken, was darauf wartete zu zerreißen.

„Wird es bald?", trieb mich Hunerik an. „Der Arzt wollte dich heute auch dienstunfähig schreiben, aber ich habe ihn davon überzeugt, dass du nicht der Mensch bist, der faul auf der Haut liegt. Außerdem wird dir frische Luft guttun."

Dieser Bastard! Alle hassten ihn. Er nahm uns solange hart ran, bis wir vor Erschöpfung zusammenbrachen, dann nahm er uns auseinander und setzte uns neu zusammen, um uns noch mehr zu schinden. Aber man widersetzte sich ihm nicht zweimal. Einer der Kameraden hatte es versucht und es mit einem abgehackten Finger bezahlt. So biss ich die Zähne zusammen und richtete mich auf.

„Gut, du scheinst meine Meinung zu teilen. Siehst aus, als ob eine Herde Büffel über dich gelaufen wäre. Wenn es nach mir gegangen wäre, hätte ich dir die Eier abgeschnitten und über die Ohren gehängt. Dann wärst du von deinem Laster befreit worden."

„Danke, Herr", presste ich zwischen zusammengepressten Lippen hervor. Mir war schwindelig und ich wusste nicht, ob ich vor Elend kotzen musste.

„Zieh dich an und komm mit mir in den Hof. Volle Montur." Mit diesen Worten drehte er sich um und erwartet meine Ankunft.

„Beeile dich lieber", warnte mich Erkilor freundschaftlich. „Ich glaube, er ist heute nicht gut drauf."

„Das habe ich gemerkt." Ich rieb mir meine malträtierte Leber und warf mir mein Untergewand über. Beim Anlegen der Rüstung ging mir Erkilor zur Hand.

„Wie stramm willst du das Kettenhemd haben?", fragte er mich.

„Wie immer, ich glaube nicht, dass der Arschficker mir heute Gnade gewähren wird. Heute folgt der zweite Teil der Bestrafung." Die Worte gingen mir einfach über die Lippen, aber ich wusste, dass das Auspeitschen der einfachere Teil für mich gewesen war. In meinem Magen hatte sich ein Knoten gebildet und ich hoffte, den Tag gut zu überstehen.

Die Sonne war noch nicht aufgegangen und die Welt war in Grautöne gehüllt.

Hunerik empfing mich auf der Mitte des Exerzierplatzes. „Legionär, antreten!"

Ich trabte zur Stelle, an der ich sonst mit den Kameraden stand und straffte den Körper. Ein Schmerz am Rücken meldete mir, dass meine frischen Wunden jetzt schon gegen die Anstrengung protestierten.

„Du warst gestern nicht beim Dienst." Hunerik stand genau vor mir und ich richtete meine Augen geradeaus. Er war einer der wenigen Männer, zu denen ich aufsehen musste, wenn ich in seine Augen schauen wollte. Seine Schultern waren breiter und er hatte mindestens einen Zentner mehr Gewicht auf den Rippen.

„Herr, ich war vom Arzt ...", setzte ich an.

„Das zählt für mich nicht", unterbrach Hunerik mich. „Du warst nicht beim Dienst und somit hast du heute die Ehre, den Tag mit mir verbringen zu dürfen."

Hoffentlich nicht die Nacht, ging es mir durch den Kopf.

„Da hinten liegt ein Haufen mit Steinen. Ich erwarte, dass du die bis zum Frühstück an dem anderen Ende des Platzes gestapelt hast." Er deutete auf eine Stelle, die möglichst weit weg vom jetzigen Platz der Steine lag.

„Zu Befehl, Herr", bestätigte ich den Befehl.

Hunerik wandte sich um und ließ mich alleine auf dem Platz zurück. Eine Überwachung der Strafe war nicht notwendig. Jeder von uns wusste, wenn wir seine Anweisungen nicht zur Zufriedenheit ausführten, würde die nachfolgende Strafe härter werden. Keiner von uns wollte Hunerik zum Feind haben. Ich hatte es dennoch geschafft.

„Hier, nimm Wasser". Erkilor bot mir aus einer Kelle Wasser an und ich trank gierig.

Die ersten Wunden an meinem Rücken waren bereits aufgebrochen. Ich hatte noch zwei Dutzend Steine zu schleppen, von denen jeder einzelne halb so schwer war wie ein erwachsener Mann. Es war eine scheiß Plackerei, aber mir war auch klar, dass dies erst der Anfang vom dem sein würde, was Hunerik mit mir anstellen würde. Die Nacht mit der Hure würde ich teuer bezahlen müssen.

„Wir haben heute einen Erholungstag bekommen. Nur leichter Dienst und Pflege der Rüstung." Erkilor senkte die Stimme. „Die meisten der Kameraden gönnen dir die Tortur und sehen interessiert zu."

„Die meisten Kameraden können mich am Arsch lecken", schnaufte ich und trank die Kelle leer. „Geh wieder zu den anderen und lass mich heute in Ruhe. Hunerik wird mich nicht umbringen und es reicht, wenn einer von uns bestraft wird."

„Ich werde nicht bestraft, weil ich dir Wasser gebe, Hunerik hat mich geschickt, damit ich es dir gebe." Erkilor nahm die Kelle und ging wieder zu den Unterkünften, um dort seinen Dienst zu versehen. Sobald er außer Sicht war, bog Optio Hunerik um die Ecke und bellte seinen Befehl. „Weitermachen, du bist nicht zum Tratschen hier."

Ich machte mich schnell wieder an die Arbeit und wuchtete den nächsten Stein hoch. Zum Frühstück wurde mir eine Pause gegönnt und ich aß den Haferbrei, den man mir vorsetzte. Mein Rücken brannte wir pures Feuer und ich wünschte, ohnmächtig zu werden. Kaum, dass ich die Schüssel weggestellt hatte, erschien der Schänder wieder. In der einen Hand hielt er den Rucksack, den wir bei Marschübungen trugen. Als ob er nichts wiegen würde, warf er mir den Sack zu, welcher mit Steinen gefüllt war.

„Umschnallen und mir folgen." Bevor ich irgendetwas sagen konnte, trabte er los und ich musste mich beeilen, damit ich hinterherkam. Ich schluckte alle Flüche, die mir auf der Zunge lagen, herunter und sparte die Luft zum Atmen.

Hunerik trabte die übliche Strecke, die wir für unsere Marschübungen benutzten. Ich zog ein Pferd oder einen Karren vor, aber nein, in der Armee war man der Meinung, dass Marschieren eine angemessene Fortbewegungsart war. Und so schickte man uns in der Ausbildung jeden Tag fünfundzwanzig Meilen durch die Weltgeschichte. An schlimmen Tagen waren es vierzig Meilen.

„Du machst einen Fehler, Rochard", sprach Hunerik mich nach ein paar Meilen an. Der Fettwanst atmete nicht einmal schwer und ich musste zugeben, dass er körperlich in einer grandiosen Verfassung war.

„Welchen denn?", keuchte ich mühsam. Mittlerweile spürte ich das Blut aus den aufgeplatzten Wunden unter meinem Kettenhemd am Rücken herablaufen.

„Du glaubst, dass für dich keine Regeln gelten. Alles gehört dir und du kannst dir nehmen, was du willst." Er steigerte seinen Schritt und fuhr fort. „Du bist arrogant, selbstgefällig und keine Niederlagen gewohnt."

Er hatte recht. Ich fand schon, dass ich ein flottes Pferd war. Kein gern gesehener Charakterzug in der Armee.

„Du besitzt aber auch Mut, bist kräftig und besitzt Grips. Das sind Eigenschaften, die vielen deiner Kameraden fehlen." Hunerik blieb stehen und drehte sich zu mir um. Fast wäre ich gegen ihn gelaufen. „Wenn du dich mehr auf deine guten Eigenschaften besinnen würdest, hättest du die Chance, Offizier zu werden."

Mir fehlte die Luft zum Lachen, sonst hätte ich lauthals losgebrüllt.

Er sah mir meine Meinung zu seinen Worten an und schnaubte verächtlich. Dann setzte er sich wieder in Gang und schwieg für den Rest des Marsches.

Ich und Offizier? Mein Ansinnen war, so schnell wie möglich wieder aus der Armee auszutreten und nicht bei ihr zu bleiben.

Atriba

„Aber du warst mit Hunerik doch befreundet. Zumindest macht es den Eindruck."

„Er war einer meiner besten Freunde. Aber dazu komme ich später. Die Nacht ist noch lange."

„Ich kenne genug Männer, die mir in der Nacht nicht nur Geschichten erzählen wollten."

Gadah lachte leise. „Wieso hast du dir nie einen Mann genommen?"

Atriba schwieg einen Augenblick. „Es gab ein paar, aber keiner war mir gut genug und meine Aufgaben erlaubten es mir nicht, längere Bindungen einzugehen."

„Ausreden, meine Liebe."

Atriba senkte den Blick. „Vielleicht, aber ich wollte nie jemandem etwas vormachen. Meine Kaiserin brauchte meine Treue und ich war nicht bereit diese für eine Liebe zu opfern."

„Dann kennst du die Liebe nur aus deinen Büchern?"

Atriba lachte kurz auf. „Ich bin keine alte Jungfer, falls du das meinst. Es gab jemandem, aber er heiratete eine andere Frau."

„Das ist bitter."

Einen Augenblick schwiegen beide. Dann ergriff Atriba das Wort. „Du wolltest erzählen, was nach dem Duell geschehen ist."

Rochard

Es hatte nicht einmal bis zum Mittag gedauert, bis die Stadtwache mich festnahm. Fünf kräftig gebaute Burschen umringten mich, nach einem Schaukampf, auf dem Markt und hielten ihre Knüppel und Schwerter griffbereit.

„Leg deine Waffe nieder und folge und ohne Widerstand, sonst wird es dir schlecht ergehen." Die liebenswürdige Aufforderung kam von einem glatzköpfigen Schmerbauch, der wahrscheinlich mehr Innendienst schob als sich die Absätze in der Stadt krumm zu laufen.

Ich sann einen Augenblick darüber nach, ob ich mein Schwert ziehen und es drauf ankommen lassen sollte, aber der Blick in die Gesichter der Männer verriet mir ihre Entschlossenheit, ihren Auftrag durchzuführen. Ihre Abzeichen blinkten auf den roten Uniformen und ich nahm die Hand von meinem Schwertgriff.

„Sehr vernünftig", lobte der Schmerbauch und gab einem seiner Begleiter ein Zeichen, mir das Schwert abzunehmen.

„Was wird mir denn vorgeworfen?", fragte ich unwissend, obwohl ich mir denken konnte, warum mich die Herren aufsuchten.

„Mord", antwortete Schmerbauch knapp und wischte sich den Schweiß von der Glatze. Er hatte mit mehr Widerstand gerechnet und war jetzt froh, dass es so glimpflich abging. Hände griffen nach mir und hielten meine Arme fest. Es würde jetzt keinen Sinn machen, die Umstände so darzustellen, wie sie sich ereignet hatten. Niemand würde mir zuhören und die

Wachen würden sich nicht darauf einlassen mit Glauben zu schenken. Unter den neugierigen Blicken der umstehenden Leute wurde ich abgeführt.

Der Kerker war ein gemütliches Loch aus harten Steinen und faulem Stroh. Es stank nach Pisse, Scheiße und Kotze. Meine Handgelenke waren an die Wand gekettet. Ich hatte höchstens einen Schritt Bewegungsfreiheit und wenn ich mich auf den klammen Boden setzen wollte, hingen meine Hände in der Luft. Ich weiß nicht, wie lange ich dort verbrachte, da ich jegliches Zeitgefühl verlor.

Das Essen war mies. Dünne Suppe mit muffigem Brot oder einen undefinierbaren Brei, dessen Inhalt ich lieber nicht kennen wollte. Nach fünf Mahlzeiten öffnete sich die Türe zu meiner Zelle und zwei Männer kamen herein. Da ich kein Licht mehr gewohnt war, musste ich die Augen zusammenkneifen, damit ich nicht geblendet wurde.

„Da steht er", sagte die rechte Gestalt und blieb an der Türe stehen.

Die andere Gestalt kam auf mich zu und verdeckte den Türrahmen vollends. „Steh auf", sagte der Mann.

„Warum sollte ich?", erwiderte ich voller Trotz.

Die Hand des Mannes schoss nach vorne, griff gnadenlos in meine Haare und zog mich hoch. „Ich sage nichts zweimal."

Meine Kopfhaut brannte wie Feuer und meine Augen tränten.

„Du bist störrisch wie ein Esel."

„Wer bist du? Willst du dich nach meinem Befinden erkundigen?"

Ohne auf meine Frage einzugehen, rammte der Mann mir seine Faust in den Magen. „Ich habe wenig Sinn für Humor."

„Das merke ich", keuchte ich mit einem letzten Hauch von Widerstand.

„Man sagt, du verstehst dich gut auf den Schwertkampf?"

Ich schnaufte durch, um wieder zu Atem zu kommen. „Ich komme zurecht", antwortete ich schließlich.

„Sehr bescheiden." Er trat einen Schritt von mir zurück und betrachtete mich. „Du bist gut in Form. Scheinst gut auf dich zu achten."

Es arbeitete im Gesicht des Mannes und er sah mir in die Augen. Ob er dort etwas zu erkennen glaubte, weiß ich nicht. Schließlich rief er nach der Wache. „Bring ihn zu den anderen. Ich nehme ihn."

Bevor ich etwas sagen konnte, umringten mich drei Männer, Einer nahm mir die Fesseln ab, die anderen beiden hielten mich fest und führten mich aus der Zelle, hinein in das grelle Licht. Wir gingen einige Gänge und eine Treppe entlang und schubsten mich dann in eine große Zelle, in der andere Männer waren.

„Frischfleisch", höhnte einer der Männer, der mich hergeführt hatte. Hinter mir wurde die Türe verschlossen und ich schaute mich erst einmal um.

Eine üble Bande aus Halsabschneidern saß hier ein. Ich erkannte es an einigen Tätowierungen, die eine Zugehörigkeit zu Banden zeigten. Einige Symbole kannte ich, andere waren mir fremd. Ich zählte sechs Mann in der Gemeinschaftszelle. Es stank noch schlimmer als in meiner Zelle. Verbunden mit der feuchtschwülen Luft hier unten war es eine wunderbare Entschuldigung in die Ecke zu kotzen. Hinter einem schmalgesichtigen Kerl mit einer Spinnentätowierung auf den Ohrläppchen lag eine regungslose Gestalt. Der Mann bemerkte meinen Blick.

„Freund von dir?", fragte mich der Mann und deutete auf die Gestalt am Boden.

Ich zuckte mit den Schultern. „Ich habe keine Freunde."

„Ist besser für dich. Sonst hättest du ihm helfen können, sein Gesicht zu finden." Der schmale Mann schob einen Stiefel unter die Achsel des am Boden liegenden Mannes und drehte ihn herum. Wo sonst sein Gesicht gewesen war, befand sich nur noch eine blutige Masse aus Fleisch und Knochen.

Mein Magen stieg in die Höhe, aber ich konnte mich beherrschen und behielt mein spärliches Frühstück bei mir. Sobald ich Schwäche zeigte, würde ich genauso das Gesicht verlieren wie der arme Kerl am Boden.

Weitere Gedankengänge erübrigten sich, da die Türe zu der Zelle aufflog und zwei Legionäre eintraten. Damals wusste ich noch nicht, dass ich Optio Hunerik und Centurio Osan gegenüberstand.

„Herr, mehr als dieser Abschaum war nicht aufzutreiben in diesem Kerker." Hunerik spuckte uns vor die Füße und zeigte deutliche Verachtung.

Der Centurio war kleiner und gedrungener, aber nicht weniger breit als der große Optio.

„Du Arschloch hast Mut." Einer der Gefangenen stand auf und stemmte die Fäuste in die Hüften. Ein Messer blitzte an seinem Gürtel. Woher er das hier im Kerker hatte, schien keinen zu wundern.

„Was hast du gesagt, Kleiner?", fragte Hunerik sanft wie ein Großmütterchen, was zu ihrem Lieblingsenkel sprach.

„Ich sagte, ich schlitze dich auf und reiß dir die Eingeweide raus. Bei deiner Größe kommt da bestimmt viel Scheiße heraus." Der Häftling zog sein Messer aus dem Gürtel und machte Anstalten auf Hunerik loszugehen.

„Siehst du, Herr. Das ist es, was ich meine", seufzte der Hüne in gespielter Resignation. Er ließ den Häftling herankommen und das Messer nach vorne stoßen.

Hunerik schlug die kleine Klinge lässig weg und hielt die Messerhand am Handgelenk fest.

Der Gefangene knirschte vor Schmerz mit den Zähnen. „Du ...“

„Na na, keine Beschimpfungen.“ Hunerik reckte mahnend den Zeigefinger in die Höhe und nahm mit spitzen Fingern dem Mann das Messer aus der Hand. Die herannahende Faust wehrte er lässig mit der Schulter ab. Mit einer Hebelbewegung drehte er dem Angreifer den Arm auf den Rücken und trat ihm in die Kniekehle.

Schmerzgepeinigt stöhnte der Mann auf und verzog das Gesicht.

„Ich hoffe, du hast verstanden, dass ich keinen Widerspruch dulde und ich keiner dieser verweichlichten Denker bin, die den ganzen Tag lamentieren.“ Hunerik stieß den Mann von sich, sodass dieser mit der Nase auf dem Boden landete. Er wandte sich den anderen Männern in der Zelle zu. „Hat noch jemand etwas vorzubringen?“

Wir schwiegen alle und sahen zu den beiden Legionären, die breitbeinig in der Mitte der Gefangenen stand. Niemand rührte einen Finger.

„Gut“, sagte der Centurio. „Da ihr alle zum Tod verurteilt wurdet, habt ihr nichts mehr vor euch, außer dem Galgen.“ Der Offizier schwieg einen Augenblick, um die Worte wirken zu lassen. „Um es für diejenigen unter euch verständlich zu machen, die zu wenig Hirn bei der Geburt bekommen haben: Ihr seid in einer Stunde tot.“ Der Centurio blickte in die Runde und sah uns der Reihe nach an. „Ich kann euch aber eine Möglichkeit bieten, die es euch ermöglicht, am Leben zu bleiben ... zumindest vorerst.“ Er nickte dem großen Optio zu, der jetzt das Wort übernahm.

„Wir stellen eine Kompanie zusammen. Dafür benötigen wir die gemeinsten Arschlöcher, die jemals eine Mutter geboren hat.“

„Was springt dabei für uns heraus?", hörte ich einen kleinen Mann fragen, der eher Ähnlichkeit mit einem Kind hatte, als denn mit einem Mann.

„Im besten Fall der Tod", antwortete der Centurio. „Wir werden euch mit anderen Männern schleifen und drillen, bis ihr Blut schwitzt und euch zu Legionären ausbilden. Auf uns warten Aufgaben, die nicht von der regulären Legion erledigt werden können. Mehr werdet ihr vorerst nicht erfahren."

„Das stinkt doch zum Himmel", sagte der Mann, den Hunerik vorhin außer Gefecht gesetzt hatte.

„Macht mit oder lasst es sein."

„Wie lange haben wir Zeit, es uns zu überlegen?", wollte der Kindliche wissen.

„Bis wir uns umdrehen und die Zelle verlassen."

Ich überschlug im Kopf die Möglichkeiten, die mir blieben. Leider waren es nicht allzu viele. Kurzentschlossen hob ich die Hand. „Ich mache mit."

Hunerik nickte mir zu. „Gut, dann geh raus und geh zu den Legionären, die draußen warten."

Ich drückte mich an den beiden Legionären vorbei und ging hinaus.

„Also, wer will noch mitgehen?", hörte ich den Optio fragen, während ich aus dem Gefängnis ging. Ein leichter Wind von Freiheit wehte um meine Nase. Ich wusste nicht, was die Zukunft bringen würde, aber besser als heute Abend in einem Loch verscharrt zu werden würde es sein.

Atriba

„Dann war es nicht dein freier Wille, in die Armee einzutreten."

„Man hat immer eine Wahl. Ich hätte mich genauso für den Tod entscheiden können. Diese Wahl wäre aber nicht mehr zu bereuen gewesen."

„Niemand entscheidet sich für den Tod, wenn er leben darf." Atriba war aufgewühlt und rote Flecken hatten sich an ihrem Hals gebildet."

„Vergiss, nicht, dass auch Thom wusste, dass er vom Todesfürsten nicht lebendig wiederkommt. Trotzdem ging er zu ihm und lockte ihn für uns in die Falle. Ebenso Hunerik, der sein Leben gab. Vielleicht hätte er noch ein paar Wochen gelebt oder ein paar Monate, wer weiß das schon. Dann wäre da noch Holderar..."

„Ich habe es verstanden", Atriba hob die Hände. „Manche Tode sind gerechtfertigt, wenn sie einer guten Sache dienen und edel sind."

Gadah beugte sich nach vorn. „Kein Tod ist edel. Der Tod ist dreckig und grausam. Und jeder stirbt für sich allein. Das Einzige, was ein Mann tun kann, ist seinem Tod einen Sinn zu geben. Entweder durch ein langes Leben oder durch gute Taten."

„Wofür hast du dich entschieden?"

Gadah sank zurück in seinen Stuhl. „Das weiß ich noch nicht. Ich wäre an Jahren alt genug um im Bett zu sterben. Auch wenn mein Körper wieder jünger ist, meine Seele ist es nicht."

„Verzeih mir. Ich wollte deine Ideale nicht anzweifeln."

Gadah winkte ab. „Halb so schlimm. Ideale werden früher oder später eh verraten. Man passt sich an und will überleben."

Rochard

„Aufwachen und putzt euch die Schwänze trocken. Wer scheißen muss, soll sich beeilen, ich gebe euch hundert Atemzüge draußen anzutreten."

Aus dem Tiefschlaf gerissen wand ich mich aus dem Bett und schlüpfte mit schmerzenden Gliedern in meine Uniform. Wenn wir nicht schnell genug draußen waren, würde Hunerik uns saftige Strafen auferlegen. Nach meiner persönlichen Strafeinheit waren zwei Tage vergangen und mein Rücken fühlte sich besser an. Der Arzt hatte ein kleines Wunder vollbracht und dafür gesorgt, dass die Wunden sich geschlossen hatten. Zusätzlich zu meiner Sondereinheit mit dem Schänder hatte man mir einen Monat Latrinendienst aufgebrummt. Vergleichsweise war ich glimpflich davongekommen. Erkilor war schon in voller Montur und kam auf mich zu.

„Glaubst du, dass wir heute wieder einen Gewaltmarsch vor uns haben?"

Ich zuckte mit den Schultern. „Ist mir ehrlich gesagt egal."

Er kam auf mich zu und senkte die Stimme. „Jemand aus der Küche hat ein Gespräch zwischen Hunerik und dem Centurio belauscht. Angeblich bereitet man uns in den nächsten Tagen darauf vor, dass wir abrücken."

„Junge, wir hocken hier seit über einem Monat herum. Langsam würde es mal Zeit werden, dass wir was anderes sehen."

„Du meinst, du kennst hier alle Huren und bist auf neue Bekanntschaften scharf?", rief Stirlo, einer der Männer aus der Zelle, der sich für die Legion entschieden hatte. Er war neben Erkilor derjenige, zu dem ich noch den besten Kontakt hatte.

Allgemeines Gelächter machte sich im Raum breit. Auch ich schmunzelte.

„Ihr habt ja ausgesprochen gute Laune", bellte Hunerik von der Eingangstüre der Baracke herein. „Ich zähle jetzt bis zehn, wer bis dahin nicht draußen angetreten ist, kann Rochard heute Abend beim Latrinenreinigen helfen, und zwar mit der Zunge." Er drehte sich um und stellte sich auf den Exerzierplatz.

Wir machten alle, dass wir herauskamen und uns vor Hunerik aufstellten.

„Hergehört", brüllte er. „Wir werden heute auf eine Patrouille gehen. Seht es als Vorbereitung auf eure zukünftige Aufgabe und passt auf eure Ärsche auf, wenn wir dort draußen sind." Er wandte sich mir zu. „Rochard wird die zweite Gruppe führen, ich selbst führe die erste Gruppe. Und baut mir keinen Mist."

Verdattert stand ich inmitten der Kameraden und versuchte zu verarbeiten, dass ich Gruppenführer geworden war.

„Rochard, beweg deinen Arsch hierher, als Gruppenführer stehst du vor den Männern."

Zögerlich setzte ich mich in Bewegung und gesellte mich neben Hunerik.

„Damit wir uns richtig verstehen. Dieses Arschloch neben mir wird nicht wegen seiner Eskapaden als schnellster Ficker der Stadt Gruppenführer, sondern weil er etwas mehr Grips in der Birne und härtere Eier als die meisten von euch hat. Und wenn er Mist baut, reiße ich ihm den Arsch auf, dass ich ihm mit der Faust die Mandeln untersuchen kann."

Ich schluckte. Jeder von uns wusste, dass der Schänder es ernst meinte und ich zweifelte, dass er die richtige Wahl getroffen hatte.

„Abtreten und bereit halten. Rochard, folge mir." Hunerik wandte sich um und erwartete, dass ich ihm folgte.

Die Gesichter der Kameraden zeigten keine Begeisterung, nur Erkilor konnte sich ein Grinsen nicht verkneifen. Ich sah zu, dass ich Hunerik folgte, und war gespannt, was er von mir wollte.

Abseits, hinter einem der Zelte hielt er an und baute sich vor mir auf. „Pass auf, was ich vorhin gesagt habe, habe ich ernst gemeint. Ich halte dich, neben Erkilor, für das intelligenteste Stück Scheiße in diesem Haufen an Maden." Er holte Luft und kratzte sich am Kopf, der mit rotem Haar bedeckt war. „Der Centurio will, dass wir in zwei Gruppen vorrücken und ein Gelände auskundschaften." Er beugte sich hinab und zeichnete mit seinen dicken Fingern eine grobe Landkarte in den Dreck. „Du wirst mit deiner Gruppe das südliche Gelände in Augenschein nehmen. Ich komme von Norden. Wenn wir fertig sind, treffen wir uns an dieser Baumgruppe." Er sah mich an. „Verstanden?"

„Ja, Herr", antwortete ich knapp.

„Gut. Dann nimm Erkilor, Eszila, Polic, Dura und Salius. Kontrolliere die Ausrüstung der Männer und rede mit ihnen. Sie werden angespannt sein."

Immer noch verdattert ging ich zu den anderen Legionären zurück und wählte meine Gruppe aus. Hunerik hatte recht. Die Männer waren angespannt.

Atriba

„Er hat eine gute Wahl getroffen." Atriba lächelte sanft.

„Er hatte seine Auswahl schon früher getroffen. Schon damals im Kerker hatte Osan uns in brauchbar und unbrauchbar eingeteilt. Aber das habe ich erst später begriffen."

Rochard

Wir standen mit einem guten Dutzend Männern vor dem Optio und dem Centurio. Aus dem Kerker waren alle mitgekommen, die zum Tode verurteilt worden waren. Wie wir hier standen, machten wir einen ziemlich abgerissenen Eindruck. Und ich, auch wenn ich mich den Männern hier nicht zugehörig fühlte, sah aus, wie ein Landstreicher, der aus Geldnot hier stand. In mir war eine große Leere, die ich der Müdigkeit zuschrieb, die in mir saß.

„Männer, ich begrüße euch bei der Legion", begann Centurio Osan. „Die meisten von euch sind mehr oder weniger freiwillig hier. Aber ich versichere euch, dass jeder von euch hier gleich behandelt wird. Jeder von euch brauchte auf die eine oder andere eine neue Chance. Hier, bei der Legion werdet ihr sie bekommen." Er deutete auf das notdürftig befestigte Lager, unweit der Handelsstadt Tiabrim. Dort hatten wir alle im Kerker gesessen und dort hatten uns der Optio und der Centurio herausgeholt. Osan sprach weiter. „Es werden nach und nach mehr Kameraden zu uns stoßen, einige sind von der regulären Legion, andere wieder sind, wie ihr, Freiwillige, die ihr Glück versuchen wollen."

Innerlich stieg Wut in mir auf. Freiwillige! Wenn ich die Wahl zwischen einem Strick um den Hals habe und einer Uniform habe, würde ich kaum den Strick wählen.

„Aber seid euch über eines gewiss", fuhr der Centurio fort, „Keiner von euch wird die neue Chance geschenkt bekommen. Optio Hunerik wird euch schleifen und drillen, bis ihr es wert seid, Teil der Legion zu sein. Und jeder, der sich gut führt, wird, nach seiner Dienstzeit, ein neues Leben haben." Nach diesen Worten drehte er sich um und ging davon. Jetzt stand nur noch Hunerik vor uns.

„Junge, junge, der Centurio muss heute Morgen einen schlechten Schiss gehabt haben", witzelte ein dunkelhaariger Kerl neben mir, der eine flache Nase sein Eigen nannte, und lachte über seinen eigenen Witz.

„Legionär!", brüllte Hunerik in Richtung des Mannes.

Wir anderen zogen die Köpfe ein und ich ahnte, dass jetzt eine Demonstration folgen würde, die der Kamerad nicht vergessen würde.

„Was hast du Stück Scheiße gerade gesagt?", fragte Hunerik, der jetzt vor Flachnase stand.

„Nichts."

„Nichts, was?" Der Optio legte seine große Hand auf die Schulter des Mannes und drückte zu. Flachnase knirschte mit den Zähnen und wand sich unter dem Griff des rothaarigen Unteroffiziers.

„Nichts, Herr", presste der malträtierte Kamerad hervor.

„Gut", gab Hunerik sich zufrieden und löste den Griff an der Schulter.

Erleichterung trat auf das Gesicht von Flachnase.

„Ich habe also einen Hörfehler?", setzte der Optio nach.

Verdattert zuckte der Mann neben mir zurück. „Herr?"

„Falsche Antwort." Erbarmungslos fuhr Huneriks Faust in den Magen des Mannes, der zusammenklappte wie ein Strohhalm, den man knickte. Hustend und mit schmerzverzerrtem Gesicht blieb er zusammengengekrümmt auf dem Boden liegen.

„Merkt euch eines", Hunerik ging vor unserer Reihe auf und ab, „Jeder, der die Autorität der Offiziere untergräbt, wird streng bestraft. Jeder, der die Legion beleidigt, wird bestraft. Jeder, der mich verärgert, wird bestraft."

Ich muss zugeben, dass Hunerik beeindruckend war. Er war einen ganzen Kopf größer als ich und fast doppelt so breit. Sein Kinn sah aus wie ein Amboss und seine breiten Wangen leicht rosig gefärbt.

„Wo kommst du her?", fragte Hunerik einen Rekruten und blieb vor ihm stehen.

„Aus einem Dorf, unweit von ..."

Weiter kam der Rekrut nicht. Hunerik trat ihm mit voller Wucht vors Knie. Der Kamerad schrie auf und fiel der Länge nach auf den festgetretenen Boden.

„Wenn einer von euch Würmern noch einmal etwas zu mir sagt, ohne meinen Rang zu nennen, oder mich nicht mit `Herr` anspricht, ziehe ich ihm das Fell über die Ohren." Er trat dem jammernden Mann am Boden gegen den Fuß. „Steh auf und benimm dich wie ein Legionär."

Mit schmerzverzerrtem Gesicht rappelte der Rekrut sich hoch, aber fiel wieder hin.

„Wenn du beim zweiten Versuch wieder hinfällst, hacke ich dir das Bein ab, du brauchst es ja anscheinend nicht."

Mit einer Mischung aus Angst und Hass schaute der Rekrut zu Hunerik auf. Stemmte sich dann aber mit schmerzverzerrtem Gesicht hoch und blieb auf den Beinen.

Der restliche Tag bestand aus Schlägen, Tritten und Demütigungen. Jeder bekam sein Fett weg und wir alle verfluchten den Optio.

Gadah

„Die Ausbildung war knallhart und ich lernte, dass es nicht nur darauf ankam, mit dem Schwert umgehen zu können. Man musste seinen Kameraden vertrauen und ihnen beistehen, wenn es darauf ankam. Faule Äpfel mussten allerdings aus dem Nest entfernt werden. Das lernte ich auf der Patrouille."

Rochard

Wir schlichen in lockerer Formation durch das Unterholz und waren darauf bedacht, keine Geräusche zu verursachen. Hunerik hatte uns nicht näher gesagt, was wir auskundschaften sollten. Ich kannte lediglich die Position, der wir uns nähern sollten.

Ich kniete mich hin und hob die Faust, damit meine Kameraden es mir nachmachen sollten.

„Was ist los?", zischte Erkilor.

„Ich weiß nicht. Komisches Gefühl in der Magengegend."

„Hey, Gruppenführer, was ist los?", blökte einer der Männer hinter mir.

„Halts Maul und warte ab."

Der Mann lachte leise. „Glaubst du, weil der dicke Arschficker dich zum Gruppenführer gemacht hat, dass wir auf dich hören werden?"

„Natürlich nicht. Aber du wirst auf mich hören, weil ich dich sonst Dreck fressen lasse", entgegnete ich, ohne mich umzudrehen.

„Du Arschloch. Ich mache dir einen Vorschlag, Polic, Dura und ich werden uns verpissen und du wirst uns nie wiedersehen. Was du Hunerik erzählst, ist mir egal."

Ich atmete tief durch. Die Männer wollten desertieren und ich steckte hier mit Erkilor in der Scheiße. Ohne Blutvergießen würde das jetzt nicht abgehen. Und ich sah nicht ein, dass mein Blut fließen sollte. „Salius, halt dein verdammtes Schandmaul und konzentriere dich auf unsere Aufgabe. Ich habe keine Lust, wegen dir in Schwierigkeiten zu geraten."

Erkilor hatte seine Hand auf seinen Schwertgriff gelegt und ich wusste, dass er mir beistehen würde, wenn es jetzt zu einer Auseinandersetzung kommen würde.

Leider entschieden sich die drei Deserteure dafür, es mit Gewalt versuchen zu wollen. Ich hörte, wie sie ihre Schwerter zogen. „Eszila, gehörst du zu denen?", fragte ich den

Kameraden, der sich bislang herausgehalten hatte, während ich mich erhob.

„Ich habe da nichts mit zu tun. Ich werde weder ihnen noch dir helfen, Rochard."

„Gut." Ich wandte mich um und zog mein Kurzschwert und Erkilor tat es mir gleich. Wenn jetzt Feinde in der Nähe wären, hätten sie uns überraschen können, aber man musste auch mal auf sein Glück vertrauen. „Zwei gegen drei ist nicht fair."

Die drei Deserteure grinsten mich an und waren sich sicher, uns niedermachen zu können.

Erkilor glitt von mir weg und wandte sich Polic zu. Dura und Salius würden mir bleiben.

„Letzte Chance, die Waffen wegzustecken", unternahm ich einen letzten Versuch, der aber im Kampfschrei von Salius unterging. Mit einem schnellen Seitenschritt entging ich seiner ungeschickt geführten Klinge. Schnell stach ich zu und traf ihn an der ungeschützten Stelle unter der Achsel. Er schrie kurz auf, ging zu Boden und hielt sich die stark blutende Wunde.

Dura blickte erschrocken auf den sterbenden Rädelsführer und zuckte zurück.

Aus dem Augenwinkel sah ich, dass Erkilor seinen Gegner vor sich her trieb und kurz davor war, den entscheidenden Hieb zu setzen.

Dura, der sich einen anderen Verlauf des Kampfes erhofft hatte, warf sein Schwert zu Boden und riss die Arme hoch. „Ich ergebe mich", schrie er.

Erkilor führte einen Hieb mit der flachen Seite seiner Klinge gegen die Schläfe seines Gegners. Polics Beine gaben nach und er sackte benommen zu Boden. Dann war der Kampf vorbei.

„Und jetzt?", fragte Erkilor schnaufend.

Eszila kratzte sich am Hinterkopf. „Hunerik wird uns den Arsch aufreißen."

„Wird er nicht", kam die Stimme des Optios aus dem Unterholz. Es raschelte und zwischen den Büschen erschien die gewaltige Gestalt Huneriks.

„Was machst du hier?", entfuhr es mir, „Herr?"

„Ich wollte sehen, zu was ihr in der Lage seid. Dass diese drei Idioten den Versuch machen würden zu desertieren wurde mir zugetragen." Er sah Eszila an. „Du hast deine Loyalität bewiesen."

„Danke, Herr", gab Eszila zurück.

Wut stieg in mir auf. „Ich habe gerade einen Menschen getötet, weil du sehen wolltest, ob Erkilor und ich diese drei Männer überwältigen können? Optio?"

Hunerik funkelte mich an. Zum ersten Mal sah ich sowas wie Humor in seinen Augen.

„Legionär Rochard, du hast die Männer nicht ziehen lassen, sondern die Werte der Legion verteidigt. Auch wenn du meinst, dass du alleine besser dran bist. Erkilor hat ebenfalls bewiesen, dass er ein guter Legionär ist und dir beigestanden." Hunerik ging zu den am Boden liegenden Dura und schwang seinen Kampfstock. Krachend fuhr er auf den Schädel des wehrlosen Mannes nieder und spaltete ihn.

Erschrocken von der Kaltblütigkeit des Optios zuckte ich zurück. Mit einem funkelnden Blick schaute er Dura an.

„Nein, Herr", entfuhr es ihm und seine Augen weiteten sich, als er verstand, dass ihm das gleiche Schicksal drohte wie Polic.

„Herr, bitte verschone mich." Dura sank auf die Knie und begann zu weinen.

„Die Legion kann mit Feiglingen und Verrätern nichts anfangen", knurrte Hunerik und schwang seinen Kampfstock.

„Herr, nein", rief ich.

Hunerik erstarrte. „Was sagtest du?", fragte er ruhig.

„Halt dich da raus", flüsterte Erkilor.

„Optio, er hat sich ergeben", beharrte ich.

„Rochard, du bist hier nicht in einem Schaukampf. Wenn er dir bei einem Kampf in den Rücken fällt, oder er dir die Kameradschaft verweigert, bist du am Arsch. Dann reißt dich der Feind entzwei und du wirst deinen Freund verfluchen."

In meinem Inneren wusste ich, dass Hunerik recht hatte. Aber ich konnte jetzt nicht mehr zurück. „Ich sage ja nicht, dass er nicht bestraft werden soll, aber er muss ein Militärgerichtsverfahren bekommen."

Hunerik lachte schallend auf. „Das sagst ausgerechnet du."

Ich spürte eine Hand auf meiner Schulter. „Lass es gut sein, er hat recht", hörte ich Erkilor sagen.

Der Optio drehte sich um und machte keine Worte mehr. Mit einer knappen Bewegung schlug er seinen Kampfstock gegen die Schläfe des wehrlosen Dura, dessen Schädel unter dem Schlag knackte. Leblos sackte der Deserteur zur Seite und blieb regungslos liegen. Hunerik drehte sich zu uns um. „Komm mir nie mehr in die Quere, wenn ich meine Pflicht erledige."

Ich sah die Bewegung nicht kommen, da ich immer noch von der Kaltblütigkeit des Optios entsetzt war. Als sein Kampfstock mich zwischen den Beinen traf, ging ich sofort zu Boden und war wehrlos. Tränen liefen mir übers Gesicht und in meiner Not würgte ich mein Frühstück hervor.

„Wenn du wieder gehen kannst, begrabe die Toten und komm zurück ins Lager." Hunerik stieg über mich hinweg. „Eszila und Erkilor, ihr beide folgt mir. Ich glaube, Rochard ist jetzt lieber alleine."

Kapitel 7

Ich weiß nicht, wie lange ich dort gelegen habe, aber irgendwann konnte ich wieder aufstehen und auf den Beinen bleiben. Hunerik, dieser Hurensohn. Wut stieg in mir auf. Dieser elende Schleifer nahm uns hart ran. Er war erbarmungslos und ordnete alles der Legion unter.

Die drei Leichen wollten begraben werden. Ich hatte keinen Spaten dabei und ich musste mit meinem Schwert die Erde lockern, um dann mit den Händen weiter zu graben.

Die drei Kerle verdienten es eigentlich nicht, ordentlich unter die Erde zu kommen. Sie hätten uns ohne Gnade niedergemacht und liegen gelassen. Ich hasste sie nicht. Sie waren Verbrecher gewesen und hatten ihre Chance gesehen zu desertieren. Ich verstand Hunerik, aber ich mochte seine Methode nicht. Wenn ich tötete, dann weil ich selbst in Gefahr war. Nicht um zu bestrafen. Ich hielt einen Augenblick inne. War ich wirklich besser als er? Habe ich mich nicht in Gefahr begeben und getötet, obwohl es vermeidbar gewesen wäre? Bei dem Duell war es nur um Geld gegangen. Der Gefahr war ich mir bewusst gewesen. Und trotzdem war ich hingegangen, nur um das Geld zu bekommen. Es schien Jahre her zu sein.

Eine leise Stimme flüsterte in meinem Kopf, dass ich jetzt alleine war und mich niemand einholen würde, wenn ich jetzt alles hinwerfen und mich auf und davon machen würde.

Ich machte eine Pause und setzte mich auf einen umgekippten Baum. Der Aufklärungsauftrag war durch den Vorfall in den Hintergrund gedrängt worden.

Ich fasste mir in den Schritt. Meine Eier pochten und schmerzten, aber ich würde es überleben. Hunerik hatte mich überrascht, das würde mir nie wieder passieren.

Fliehen. Wieder ging es mir durch den Kopf. Weg von der verdammten Legion und von den Vorschriften. Weg von den Strafen und Hunerik. Bisher war ich nie weggelaufen. Warum auch? Bislang habe ich alle Herausforderungen gemeistert, vor die das Leben mich gestellt hat. Ich starrte in die Weite der Landschaft, bald würde es den ersten Schnee geben. Der

Herbst hatte die Natur schon fest im Griff und die Eichhörnchen hatten ihre Nüsse bereits eingebunkert.

Meine Entscheidung stand! Ich verscharrte die Leichen und machte mich dann auf. Zurück zur Legion.

„Legionär Rochard, steh bequem."

Ich stand vor Centurio Osan und Optio Hunerik. Beide saßen hinter einem Schreibtisch in der Unterkunft des Centurios. Nach meiner Ankunft im Lager hatte man mich hierhin befohlen und ich wusste nicht, was die beiden von mir wollten. Vielleicht würde mir die nächste Strafe verkündet werden, weil ich Hunerik von den Morden hatte abhalten wollen.

„Legionär Rochard, der Optio hat mich über deine Tat in Kenntnis gesetzt."

Unwohlsein stieg in mir hoch und ich verfluchte mich innerlich dafür, dass ich nicht die Beine in die Hand genommen hatte, als die Gelegenheit dagewesen war. Die Wunden der letzten Auspeitschung waren frisch verheilt auf meinem Rücken und ich hatte nicht vor, so schnell weitere hinzuzufügen.

„Hast du nichts zu sagen?", fragte der Centurio.

„Ich handelte aus Überzeugung. Mehr kann ich nicht sagen, Herr."

„Gut." Der Centurio stand auf und streckte sich. Er trug keine Rüstung, nur sein normales Gewand und die ledernen Hosen, welche er in Stiefel gesteckt hatte. „Andere hätten den Männern das Desertieren ermöglicht und sich zurückgezogen. Du jedoch nicht, du hast die Werte der Legion hochgehalten und dafür dein Leben riskiert. Das ist mehr, als andere getan haben."

„Erkilor hat mir zur Seite gestanden, Herr", warf ich ein und bereute es direkt, da mir Osan einen tadelnden Blick zuwarf.

„Du musst lernen, deinen Mund zu halten und dich anzupassen", mahnte Osan mich.

„Ja, Herr", sagte ich ohne Überzeugung.

„Manche Männer muss man brechen, damit sie spuren. Bei dir ist es anders. Wenn man dich brechen würde, und glaube mir, das würden wir schaffen, wärst du wertlos. Also haben der Optio und ich entschieden, dass du sein Stellvertreter wirst und dadurch Verantwortung für die Männer übernimmst."

Mein Gesichtsausdruck muss ziemlich dämlich gewesen sein. Hunerik brach in schallendes Gelächter aus und klopfte sich auf den massigen Oberschenkel.

„Hast du irgendwelche Einwände?", fragte Osan mich grinsend.

„Nein, Herr", brachte ich über die Lippen. So eine Scheiße, sie hatten mich an den Eiern und würden mich nicht loslassen.

„Sehr gut. Dann wirst du mit Hunerik und Erkilor aufbrechen, um neue Rekruten abzuholen. Wenn ihr wieder hier seid, wirst du erfahren, was unser Auftrag ist, und warum wir euch so geschliffen haben. Noch Fragen?"

Ich überlegte einen Moment. „Ja, Herr. Besteht die Möglichkeit, Optio Hunerik privat zu sprechen?"

„Meinetwegen." Der Centurio zuckte mit den Schultern, stand auf und ging aus seiner Unterkunft.

„Was willst du?", fragte Hunerik mich mit vor der Brust verschränkten Armen.

„Ich soll dir schöne Grüße bestellen."

Der Optio sah mich verwundert an. „Von wem?"

„Von meinen Eiern", sagte ich und holte kurz aus, um ihm meine Faust auf die Nase zu schlagen. Huneriks Kopf flog nach hinten und er flog rücklings über den Tisch des Centurios.

Das hatte gut getan. Nach den Wochen der Demütigungen und Schindereien. Ich drehte mich um und hörte Hunerik wieder auflachen. Der Kerl musste wahrlich verrückt sein.

Wir brachen am nächsten Morgen auf und hatten endlich Pferde unter dem Hintern. Ich hatte schon befürchtet, dass wir marschieren würden, aber zum Glück war das nicht der Fall.

Erkilor und ich waren beide endgültig zu stellvertretenden Optios ernannt worden. Er war einer der besten Soldaten, die wir hatten und ich war jetzt Unteroffizier ... damit man mich zähmen konnte. Immerhin war es ein Aufstieg. Vom Todgeweihten zum stellvertretenden Optio. Da stand einer steilen Karriere in der Armee nichts mehr im Wege.

„Was grinst du in dich hinein, Rochard?"

„Ich freue mich über meine Beförderung, Optio", gab ich zurück.

„Erzähl mir keine Scheiße." Hunerik lenkte sein Pferd neben meines und gab Erkilor zu verstehen, dass er vorausreiten sollte. Nachdem dieser seinem Pferd die Sporen gegeben hatte, war ich mit Hunerik alleine.

„Du bist ein harter Knochen", sagte Hunerik und ich sah in seinen Augen, dass es ehrlich gemeint war. „Deswegen wollte ich dich haben. Erkilor ist der Mann, der seinen Pflichten besser nachkommt und disziplinierter ist. Aber du bist der Mann, dem die Soldaten in die Hölle folgen, wenn du dich endlich von der Einstellung verabschiedest, dass du alleine auf der Welt bist und du nur für dich sorgen willst."

„Jeder ist alleine auf der Welt", antwortete ich ihm.

„Aber man muss nicht alleine bleiben, wenn man es nicht will. Bei der Legion bist du Teil einer Bruderschaft. Jeder, der die Ausbildung geschafft hat, ist dein Bruder bis in den Tod.

Vergiss nicht, dass wir vor einem Krieg stehen. Die Söhne des Königs haben sich entzweit und die Armee steht treu an der Seite der Realisten. Der Centurio weiß, dass es zu einem Kampf kommen wird. Deswegen versucht er so viele Brüder wie möglich zu finden, die an unserer Seite streiten werden. Für das Vaterland, das Volk und die Legion. Du wirst einer von uns sein, Bruder." Er klopfte mir auf Rücken und trieb dann sein Pferd an, um Erkilor zu folgen.

Ich sah ihm hinterher und dachte über das nach, was er mir gesagt hatte. Bis jetzt hatte ich gelernt, für mich selbst zu sorgen. Das, was der Optio mir gesagt hatte, diese Einstellung, für die er zu Leben schien, und an die er glaubte, spukte mir für den Rest des Tages im Kopf herum.

Der Rest der Reise war ereignislos. Wir übernachteten zweimal und kamen dann in die Nähe einer Stadt. Von Weitem sahen wir die Stadtmauern mit ihren Zinnen.

„Hört zu", sagte Hunerik. Es waren die ersten Worte, die ich seit einem Tag von ihm hörte. „Dort drüben ist die freie Stadt Romius. Wir sollen, im Auftrag des Centurios, dort in den Kerker und Männer holen, die sich uns anschließen."

„Freiwillige. So wie ich einer war?", fragte ich in ironischem Tonfall.

Hunerik entkorkte seine Wasserflasche und nahm einen tiefen Zug. „Wenn wir fertig sind, werden wir die kommende Nacht in weichen Betten schlafen und ihr könnt euch eine Frau für die Nacht suchen." Er drehte sich um und warf uns zwei Silberstücke hin.

Geschickt fing Erkilor die Münzen. „Danke", entfuhr es ihm.

Hunerik winkte ab. „Ist euer Sold für die vergangenen Wochen. Steht euch ja zu."

Ich sagte nichts, sondern wunderte mich lediglich. Hunerik war, seit wir unterwegs waren, sehr kameradschaftlich mit uns umgegangen.

„Warum bist du auf einmal so freundlich zu uns", sprach ich die Frage aus. Erkilor und ich verzichteten bei dem Optio auch seit der Reise auf die förmliche Anrede.

„Willst du lieber wieder geschliffen werden?" Hunerik grinste schief.

„Nein, aber wenn mir jemand Geld schenkt, werde ich misstrauisch." Ich lehnte mich im Sattel nach vorn und sah dem Optio in die Augen. Erkilor hatte die Münzen eingesteckt und wartete ebenso auf eine Antwort.

„Passt auf. Ihr wart die fähigsten Arschlöcher von den letzten Freiwilligen. Deswegen seid ihr auch befördert worden. Das heißt, ihr seid jetzt meine Kameraden und Kameraden begegnet man nicht wie Rekruten, die man schleift." Er trank noch einen Schluck Wasser. „In der Stadt werden wir zunächst in den Kerker gehen und die Männer aussuchen, die wir rekrutieren werden. Wenn das erledigt ist, werden wir uns eine Unterkunft suchen. Es gibt da ein nettes Hurenhaus, mit dessen Puffmutter ich gut bekannt bin. Dort werden wir uns einquartieren. Mit wem ihr es danach treibt, ist mir egal. Hauptsache ihr seid bei Sonnenaufgang nüchtern genug, um die neuen Kameraden zu unserer Legion zu begleiten."

Weitere Fragen erübrigten sich. „In dem Fall bedanke ich mich natürlich auch", sagte ich und musste mir Respekt für Hunerik abringen.

„Ach ja, noch etwas. Das geht vor allem dich an, Rochard. Nimm mir nicht die halbe Stadt auseinander. Und verkauf nicht wieder Armeeeigentum fürs Bumsen, du hast genug Geld von mir bekommen."

„Zu Befehl", lachte ich und trieb mein Pferd an.

Der Kerker war genauso ein verkommenes Rattenloch wie der, in dem ich gesessen hatte.

Hunerik hielt seine Ansprache, verprügelte einen besonders vorlauten Gefangenen und stellte die anderen vor die Wahl, sich uns anzuschließen oder am nächsten Tag zu krepieren. Natürlich entschieden sich alle dafür, mit uns zu gehen und so konnten wir vor Sonnenuntergang das Rattenloch verlassen. Draußen angekommen atmete ich tief durch und vertrieb den Mief aus meinen Lungen.

„Hast wohl was gegen Kerker", bemerkte Hunerik.

„Wenn ich wieder herauskomme nicht."

Erkilor lachte leise, wurde aber schnell ernst. „Sag mal, ist es dir und dem Centurio nicht in den Sinn gekommen, dass es in den Kerkern nur Männer gibt, die nicht vertrauenswürdig sind?"

„Wie meinst du das?", wollte der große Optio wissen.

„Nun ja, ihr marschiert in die Kerker und stellt die Männer vor die Wahl, am nächsten Tag zu sterben oder sich der Legion anzuschließen. Welcher Mann, der einen Funken Selbsterhaltungstrieb besitzt, würde da nein sagen."

„Niemand", stimmte er Erkilor zu. „Das ist ja der Sinn der Sache."

„Das verstehe ich nicht." Ich kratzte mich am Kinn und dachte nach. „Die Legion rekrutiert doch überall Soldaten. Es gibt genug Irre, die sich ihr freiwillig anschließt. Warum dann die Sache mit der Rekrutierung in den Kerkern?"

„Streng dein hübsches Köpfchen mal an, mein Lieber." Hunerik drehte sich um und nahm sein Pferd an den Zügeln. „Folgt mir, wir gehen jetzt zum Hurenhaus."

Erkilor sah mich an und zuckte mit den Schultern. Schließlich folgten wir Huneriks Beispiel und trotteten ihm hinterher. Das Gespräch vorhin ging mir nicht aus dem Kopf.

Ich hatte einen Puff erwartet, der heruntergekommen war und vor dem Schläger standen, damit den Freiern schon beim Betreten des Ladens klargemacht wurde, dass sie keinen Ärger zu machen hatten und in dem man sich einen juckenden Schwanz einfing.

Hunerik führte uns ganz woanders hin. Das Hurenhaus war ein gepflegtes Haus in der besseren Gegend von Romius. Hinter einem schmiedeeisernen Zaun nahm man uns die Zügel der Pferde aus der Hand und wir wurden von einem livrierten Diener begrüßt.

„Edler Hunerik, wir freuen uns, dass du unserem Haus wieder die Ehre erweist", katzbuckelte ein älterer Herr in roter Jacke. Uns begrüßte er mit einem knappen Nicken.

„Es sind Freunde, Tiewil." Der Optio bedachte den Mann mit einem strengen Blick.

„In dem Fall", murmelte der Angesprochene und drehte sich in unsere Richtung. „Ich begrüße auch euch in unserem Haus und wünsche einen angenehmen Aufenthalt." Die Verbeugung fiel zwar etwas weniger tief aus als bei Hunerik, aber ich war zufrieden. Vielleicht hatte der arme Kerl auch nur Rückenschmerzen.

„Vielen Dank", gab ich knapp zurück und schaute unserem Vorgesetzten hinterher, der den Eingang ins Auge fasste. Dort stand eine Frau, wie ich sie noch nicht gesehen hatte. Schwarze lange Haare bis zur Hüfte, grüne Augen und ein ebenmäßiges Gesicht, was von einem Bildhauer hätte stammen können. Sie sah Hunerik mit Liebe an und stemmte die Hände in die Hüften.

„Du Herumtreiber. Wie lange hast du dich nicht sehen lassen?", schimpfte sie spielerisch mit ihm.

„Zu lange", antwortete Hunerik und zog sie zu sich heran. Kurz darauf versank die zierliche Frau in der Masse des Optios.

Nach einer Weile hüstelte Erkilor, um auf uns aufmerksam zu machen.

Es dauerte eine Weile, bis sie sich voneinander lösten. Der Optio hatte aber immer noch den Arm um sie gelegt. „Wen hast du mir da mitgebracht?"

Ihr Blick streifte Erkilor und ruhte schließlich auf mir. Ich konnte nichts tun, außer ihren Blick zu erwidern. Verdammt, diese Frau wollte ich. Verlangen durchströmte meinen Körper.

Hunerik räusperte sich. „Zwei Kameraden. Wir sind im Auftrag des Centurios unterwegs. Ich dachte mir, dass es eine gute Gelegenheit wäre, bei dir vorbeizuschauen."

„Das heißt, du wirst morgen wieder aufbrechen?" Enttäuschung spiegelte sich im Gesicht der Frau wieder.

„So ist es."

Betreten schaute die Frau zu Boden. „Dann stell mir wenigstens deine Kameraden vor."

Hunerik wandte sich uns zu und zeigte auf mich. „Der hässliche Vogel ist Rochard. Pass auf deine Unschuld auf, seine Hose ist schneller unten als du flüchten kannst."

Ich schnitt eine Grimasse, verbeugte mich aber leicht. „Angenehm." Ich sah, dass es in den Augen der schwarzhaarigen Schönheit belustigt funkelte.

„Und der prachtvolle Bursche ist unser Vorzeigesoldat. Erkilor. Ihm kannst du vertrauen."

Mein Freund senkte den Kopf. „Dürfen wir denn erfahren, wer vor uns steht?"

„Das, meine Herren", sagte Hunerik überschwänglich, „Ist die Puffmutter des besten Hurenhauses im Umkreis von hundert Meilen. Liliana. Meine Schwester."

Seine letzten Worte waren vor allem an mich gerichtet. Sie hießen übersetzt „Finger weg, oder ich schneide dir den Schwanz ab."

Nachdem Liliana uns unsere Zimmer gezeigt hatte, in denen jeweils ein großes Doppelbett stand, gingen wir hinunter in die Bewirtungsstube. Hunerik saß bereits an einem runden Tisch und hatte seine Rüstung abgelegt. Seinen Kampfstock hatte er ebenfalls nicht dabei. Auch wir hatten unsere Waffen in den Zimmern gelassen. Der Optio machte eine einladende Handbewegung und wir setzten uns zu ihm an den Tisch.

„Die erste Runde geht auf mich", sagte er und schnippte kurz. Sofort stand eine blonde Schönheit an unserem Tisch und servierte uns Bier.

„Auf dein Wohl", prostete Erkilor ihm zu und schlug der Blonden sanft auf den blanken Hintern.

Schüchtern kicherte die Frau und ging wieder.

„Prost, Männer." Hunerik hob seinen Humpen und leerte ihn in einem Zug.

Wir taten es ihm nach und orderten sofort die nächste Runde.

„Die Frauen kommen nach Sonnenuntergang herunter zu den Gästen"; erklärte er. „So lange können wir uns besaufen. Ich werde separat jemanden für die Nacht bekommen."

Erkilor und ich schauten uns an. „Was heißt das?"

„Legionär Rochard, für einen intelligenten Burschen stellst du sehr dumme Fragen." Er grinste mich an und trank einen Schluck.

Dann verstand ich. „Du bekommst einen Knaben."

„Fast. Einen Mann für die Nacht. Ich mag keine Muschis, sondern steht auf knackige Männerhintern. Also nehmt euch in acht, wenn wir wieder bei der Legion sind." Er lachte angetrunken.

Erkilor zuckte mit den Schultern. „Mir egal. Hauptsache ich muss euch nicht zuschauen."

Ich lachte und orderte die nächste Runde. „Schnaps, bitte. Diese Nachricht muss ich verdauen."

Die blonde Frau kam wieder und brachte uns zwei Flaschen Schnaps an den Tisch.

Erkilor zog sie zu sich heran und setzte sie sich auf den Schoß. „Bleib doch bei uns. Du schmückst unseren Tisch ungemein."

Widerstandslos ließ sie sich von ihm küssen und streichelte ihm über das Kinn.

„Es scheint, er hat seine Gesellschaft für die Nacht gefunden."

„Darauf kannst du wetten", murmelte Erkilor zwischen zwei Küssen und stand auf. Die Blonde hielt er im Arm. „Bis morgen früh", verabschiedete er sich und schleppte sie die Treppe hinauf.

Hunerik und ich saßen eine Weile wortlos am Tisch. „Ich habe über das nachgedacht, was geschen ist", brach ich die Stille, während die ersten Gäste eintrafen. Keine primitiven Freier, wie in den Hurenhäusern, in denen ich sonst verkehrt hatte. Hier besuchten Adelige und der Geldadel die Mädchen. Manche grüßten sich knapp und gingen dann ihren eigenen Interessen nach. Einige spielten Karten oder würfelten miteinander. Wir kümmerten uns nicht um sie.

„Worüber?", fragte Hunerik.

„Über das, was du mir gesagt hast. Dass ich ein guter Soldat werden kann, wenn ich mich in den Dienst der Legion stelle."

„Das ist richtig. Du hast das Zeug dazu. Ich habe schon genug Rekruten in den Fingern gehabt und erkenne einen guten Soldaten, wenn ich ihn sehe." Er beugte sich nach vorne.

„Ich will dir etwas verraten." Seine Stimme senkte sich und die Trunkenheit war in seinen Augen verschwunden. „Der Centurio und ich stellen eine Legion zusammen, um ..." Er brach ab, da ein junger Mann in Lendenschurz an unseren Tisch trat.

„Herr, die Dame Liliana schickt mich zu dir. Du verlangst nach meinen Diensten."

Der Optio drehte sich zu ihm um. „Und wie ich nach dir verlange, mein Lieber." Ohne ein weiteres Wort der Erklärung ließ er mich sitzen und verschwand mit dem Mann und zwei Flaschen Schnaps.

Jetzt saß ich alleine am Tisch, inmitten der Fremden, die den Gastraum bevölkerten. Ich schenkte mir ein großes Glas Schnaps ein und lehnte mich müde zurück. Plötzlich roch es nach Rosen und eine Stimme war nah an meinem Ohr.

„Du solltest baden gehen. In meinem Zimmer habe ich eine große Badewanne stehen. Ein Diener wird dir gleich frisches Wasser bringen."

Ich legte den Kopf in den Nacken und sah das ebenmäßige Gesicht Lilianas, was von ihren dunklen Haaren umrahmt war.

„Mach dir keine Sorgen wegen Hunerik. Er lässt mich meine Liebhaber selbst aussuchen." Ihre Hand fuhr mir kurz durch den Nacken, dann verließ sie mich und ich saß verdattert alleine am Tisch. Schließlich zuckte ich mit den Schultern und stand auf, um in Lilianas Zimmer zu gehen.

Ein Schrei weckte mich auf dem tiefen Schlaf, in den ich nach der Liebesnacht mit Liliana gesunken war. Ihre Fähigkeiten als Liebhaberin waren famos gewesen und ich war auf meine Kosten gekommen. Unter anderen Umständen hätte ich vielleicht sogar in Erwägung gezogen, sie als meine Gefährtin zu erwählen.

Ein weiterer Schrei ertönte und riss mich endgültig aus meinem Schlaf. Verschlafen wischte ich mir durchs Gesicht. „Hast du das gehört?", sagte ich schlaftrunken und registrierte erst nach einigen Atemzügen, dass ich alleine im Zimmer war.

Beim dritten Schrei begriff ich, wer dort schrie. Liliana!

Ich sprang aus dem Bett und rannte aus dem Zimmer. Auf dem Flur standen einige der Frauen und Freier. Fast alle waren nackt. Hunerik stürmte, mit einem Dolch in der linken Hand, über den Teppich. Im Gegensatz zu mir trug er zumindest ein Untergewand.

Wir liefen, so schnell wir konnten, die Treppe hinunter und gelangten in den Schankraum, wo einer der Leibwächter des Hauses lag und sich vor Schmerzen in seinem eigenen Blut krümmte.

„Was ist passiert", blaffte Hunerik den Mann an, ohne Rücksicht auf seine Schmerzen zu nehmen.

„Sie haben Liliana mitgenommen", keuchte der arme Teufel am Boden und erzitterte. Dann hauchte er seinen letzten Atem aus und erschlaffte.

„Weiß jemand mehr?", fragte ich eine der Frauen, die am oberen Treppenabsatz stand.

Die Frau nickte langsam.

„Dann rede, Mädchen." Ich legte Hunerik die Hand auf den Unterarm, um ihn daran zu hindern, das Mädchen zu unterbrechen.

„Liliana wurde seit einiger Zeit von der Spinnenbande erpresst. Sie sollte Schutzgeld zahlen und ihre Selbstständigkeit hier aufgeben."

„Wo ist das Versteck der Bande?", hakte der Optio nach.

„Irgendwo in der Stadt. Wahrscheinlich im grauen Bezirk."
Das Mädchen sah zwar verängstigt aus, machte aber ansonsten einen intelligenten Eindruck.

„Du weißt, wo das ist?"

Sie nickte.

„Dann zieh dir etwas an, du wirst uns führen", sagte ich und machte Anstalten die Treppe hochzugehen.

„Moment mal", schritt Hunerik ein. „Was heißt, du führst uns?"

Ich drehte mich zu ihm um. „Willst du deine Schwester befreien?"

„Natürlich, aber du und Erkilor..."

„...werden dir helfen", beendete ich den Satz und sah ihm in die Augen.

Hunerik überlegte einen Augenblick. „Einverstanden", sagte er schließlich. „Aber nur du kommst mit. Erkilor muss die Freiwilligen zur Legion bringen, wenn uns etwas zustößt." Er wandte sich an Erkilor. „Wenn wir bis Sonnenaufgang nicht wieder da sind, nimmst du dir zwei Soldaten der Stadtwache und überführst die Freiwilligen."

Erkilor nickte und sah mir in die Augen. „Viel Glück."

„Danke, das können wir brauchen."

Wenig später waren wir mit der jungen Frau auf der Straße. Sie hatte sich Männerhosen angezogen und sich über das Hemd einen Umhang geworfen. Sie ging ein paar Schritte vor uns her und wir folgten ihr durch enge Gassen und Straßen.

Der nächtliche Trubel hatte sich gelegt und die Betrunkenen irrten langsam nach Hause. Keiner sprach uns an oder wollte Geld von uns. Wahrscheinlich sah man bereits an unseren Mienen, dass wir nicht die allerbeste Laune hatten.

„Wie weit ist es noch?", wollte Hunerik von ihr wissen.

„Nicht mehr weit. Das Versteck der Bande ist in dem Keller eines Gasthauses", gab sie zurück.

„Wieso weißt du, wo die Bande ist?", hakte ich nach.

„Jeder weiß, wo die Banden ihre Quartiere haben. Die Spinnen im Gasthaus, die Dachse in einem verlassenen Gebetshaus, die Krähen..."

„Ist schon gut", unterbrach ich sie. „Ich habe es verstanden. Jeder weiß, wo sie sind, aber die Stadtwache schaut weg, sofern genug Münzen den Besitzer wechseln."

„Richtig. Wir sind gleich da. Ich werde euch bis zu der Ecke dort vorne führen, dann kehre ich um. Ich habe keine Lust der Bande in die Hände zu fallen, wenn ihr getötet werdet."

„Du hast mehr als genug getan. Ich danke dir." Der Optio sah ernst aus und ich sah in der Dunkelheit, dass die Knöchel an der Hand, mit der er seinen Kampfstock festhielt, weiß hervortraten.

Nachdem die Hure uns verlassen hatte und außer Hörweite war, ergriff er das Wort. „Du musst das nicht machen. Es ist nicht deine Schwester."

Ich prüfte den Sitz meines Schwertes in der Scheide und vergewisserte mich, dass ich es im Bedarfsfall schnell ziehen konnte. „Wir sind doch jetzt Brüder. Und jetzt hör auf Unsinn zu reden. Hast du einen Plan?"

Der Anflug eines Lächelns huschte über sein Gesicht. „Beim nächsten Mal versuche ich, ob du vierzig Peitschenhiebe aushältst. Du bist vielleicht noch härter wie gedacht."

„Wenn du jetzt Süßholz mit mir raspeln willst, hau ich doch ab. Also, wie lautet dein Plan?"

„Wir gehen hinein und schauen, ob wir mit dem Anführer reden können. Ich will Liliana zuerst sehen, bevor ich den Bastarden Geld anbiete für ihre Freilassung.

„Hast du denn soviel, dass sie darauf eingehen werden?"

„Mir gehört ein Drittel des Hurenhauses. Wenn es Liliana rettet, können sie meinen Anteil haben."

Ich schwieg, obwohl ich mich wunderte. Wieso verdiente sich Hunerik seinen Sold in der Armee, wenn er jeden Tag sorglos leben könnte?

Er setzte sich in Bewegung und ging voraus. Unsere Schritte hallten in der Gasse von den eng stehenden Häusern. In der Nähe der Schenke wurden unsere Schritte von den lachenden Stimmen und der Musik übertönt. Ohne zögern stieß Hunerik die schiefe Eingangstüre auf und trat in den Lichtkegel. Seine Gestalt füllte den Türrahmen aus und er musste sich beim Hereingehen bücken, damit er sich nicht den Kopf stieß. Ich folgte ihm und stellte mich neben ihn.

Die Musik erstarb und die Gäste musterten uns argwöhnisch. Wir standen in unserer schwarzen Lederrüstung und dem knielangen Kettenhemd da und sahen uns um.

„Darf es etwas sein?", fragte ein Wirt, von dem ich nicht mal meine Latrine hätte reinigen lassen, geschweige denn ein Glas Bier angenommen hätte.

„Eine Auskunft." Hunerik wandte sich dem Mann zu und überragte ihn um anderthalb Köpfe. „Wir suchen den Anführer von einer Bande Ungeziefer."

Es war kaum ausgesprochen, da hörte ich Dolche aus der Scheide gleiten und unterdrücktes Murmeln. „Wir kommen in friedlicher Absicht. Wenn ihr nicht wollt, dass der Abend in einem Blutbad endet, verhaltet ihr euch ruhig. Wir wollen reden und verhandeln", hörte ich mich sagen. Gleichzeitig legte ich die Hand auf meinen Schwertgriff.

„Ihr seid unhöflich", sagte ein schmaler Mann, mit einer tätowierten Spinne am Hals. „Und ihr seid allein", fügte er anbei.

Der Optio lächelte ihn an. „Glaub mir, wir sind genug."

Der schmale Kerl betrachtete uns und versuchte herauszufinden, ob wir Selbstmörder oder Geisteskranke waren.

„Kommt mit", sagte er schließlich. „Ihr anderen feiert weiter und verhaltet euch friedlich." Der Mann stand auf und gab uns zu verstehen, dass wir ihm folgen sollten. Während wir mit ihm aus dem Schankraum gingen, setzte die Musik zögerlich wieder ein. Er führte uns durch einen schmalen Kellergang, der an einer Treppe mündete, die hinab führte.

„Folgt mir und habt keine Bedenken. Euch wird das Gastrecht der Spinnen gewährt. Solange ihr hier keine Waffe zieht, Werder ihr das Haus gesund verlassen."

Die Nachricht beruhigte mich ein wenig. Für einen Schwertkampf wäre es hier zu eng gewesen und auch Huneriks Kampfstock hätte uns im Gefahrenfall nicht viel geholfen. Trotzdem würde ich wachsam bleiben.

Der Optio und ich mussten die Köpfe einziehen, da es am unteren Treppenabsatz verflucht eng war und das Gewölbe nicht für Männer unserer Größe geschaffen worden war. Wir folgten dem schmalen Mann bis zum Ende eines langen dreckigen Flures, bis er vor einer massiven Holztüre stehenblieb. Dort klopfte er in bestimmten Abständen und kurz drauf wurde die Türe von innen geöffnet.

„Was willst du, Samot?", fragte eine unfreundliche Stimme, die zu einem Mann gehört, der es mit Huneriks Körpermasse aufnehmen konnte.

„Wir haben Gäste." Samot, so hieß der schmale Mann anscheinend, schob den lebenden Fleischberg zur Seite und ging in den Raum hinein. Wir folgten ihm und drückten uns an dem Kerl vorbei, der die Türe geöffnet hatte.

„Das sind ja schöne Gäste." Der Dicke zog geräuschvoll die Nase hoch und beäugte uns kritisch.

„Sie haben Anspruch auf das Gastrecht der Spinnen, Speckbacke", mahnte Samot und wandte sich jetzt an uns. „Ihr müsst mir eure Waffen aushändigen. Niemand wird zu unserem Anführer vorgelassen, wenn er eine Klinge bei sich führt."

Hunerik und ich wechselten einen kurzen Blick. „In Ordnung", lenkte er schließlich ein und schnallte sein Kurzschwert ab. Seinen Kampfstock lehnte er in eine Ecke. Ich tat es ihm gleich und schnallte ebenfalls mein Schwert ab. Sofort fühlte ich mich so nackt und hilflos, wie ein neugeborenes Kind, auch wenn uns die Waffen wenig genutzt hätten in dieser Enge. Der Optio mahnte mich mit einem Blick und ich verstand ihn. Ich holte den Dolch aus meinem Stiefelschaft hervor und legte ihn zu meinem Schwert. Hunerik wollte das Leben seiner Schwester unter keinen Umständen gefährden.

„Sehr vernünftig", lobte Samot und führte uns zu einer weiteren Türe. „Geht hindurch. Unser Anführer wird euch nun empfangen."

Im Gegensatz zu den oberen Räumlichkeiten war es hier gemütlich eingerichtet. In einem Kamin brannte ein helles Feuer und vertrieb die feuchtkalte Luft der Kellerräume. Der Boden bestand nicht nur aus blankem Stein, sondern war mit kostbaren Teppichen ausgelegt und auf einem Tisch, in der Mitte des Raumes, stand ein wahres Festmahl.

Ich erblickte Liliana an dem Tisch. Ein Auge war blauunterlaufen und an dem linken Mundwinkel klebte etwas getrocknetes Blut. Ansonsten schien sie unversehrt.

Die Türe schloss sich geräuschvoll hinter uns.

Außer Hunerik, mir und Liliana waren noch zwei breitgebaute Männer im Raum, die sich rechts und links neben der Türe postierten und eine weitere Frau, die sich die Hände am Kamin wärmte. Sie stand mit dem Rücken zu uns und hatte die Arme in Richtung des Feuers gestreckt.

„Wer seid ihr und was wollt ihr?" Sie drehte sich zu uns um. „Da Samot euch bis hierhin gebracht hat, gehe ich davon aus, dass ihr etwas mit meinem Gast zu tun habt."

Die Frau war mittleren Alters und trug ein schlichtes blaues Kleid.

„Bist du der Anführer der Spinnen?" Hunerik ging zwei Schritte in den Raum und blieb vor dem gedeckten Tisch stehen.

„Die Anführerin." Das Gesicht der Frau blieb ausdruckslos. Sie erwartete Antworten.

„Sie ist meine Schwester. Ich denke, dass du Interesse an einem Geschäft hast." Hunerik sah der Frau in die Augen, deren Ausdruck keinerlei Gefühl erkennen ließ.

„Nehmt Platz. Ich verhandele mit niemandem, der auf mich herabblickt." Sie raffte elegant ihren Rock und begab sich zum Kopfende des Tisches.

Der Optio zuckte mit den Schultern und nahm ebenfalls an der reichlich gedeckten Tafel Platz.

„Wer bist du?", fragte die Frau mich, da ich mich nicht bewegte.

„Er ist ...", setzte Hunerik an.

„... mein Liebhaber", vollendete Liliana den Satz.

Ausdruckslos nahm die Frau die Antwort hin. „Dann setz dich. Aber lass die Finger auf dem Tisch. Du hast einen Ausdruck in den Augen, der mir nicht gefällt."

„Wir werden die Gastfreundschaft zu schätzen wissen, die du uns gewährst", sprach Hunerik für uns beide und ermahnte mich mit einem kurzen Blick friedlich zu bleiben.

Ich zog den nächstbesten Stuhl heran und setzte mich. Die Frau hatte einen guten Instinkt. Vorhin hatte ich unsere

Möglichkeiten abgewogen, die zwei Leibwächter an der Türe zu überwältigen und mit Liliana zu entkommen.

„Dann greift zu und wir werden während des Essens miteinander verhandeln", eröffnete die Anführerin das kuriose Mahl.

Zunächst wurde wortlos gespeist. Hunerik und ich rührten nur wenige Speisen an. Ich hielt mich an einem Glas Wein fest und betrachtete Liliana, die nichts anrührte.

Nachdem die Gastgeberin ihren Teller fast vollständig gelehrt hatte, legte sie ihr Besteck zur Seite und faltete die Hände. „Ich verlange die Hälfte von Lilianas Geschäft. Sie darf die Geschäfte weiter führen und tritt nach außen hin als alleinige Herrin auf. Einmal im Monat muss sie aber Rechenschaft über Einnahmen und Ausgaben darlegen."

Liliana schnaufte, ihres Zustandes zum Trotz, durch die Nase und begehrte auf. „Ehe ich darauf eingehe, brenne ich lieber alles nieder."

Bevor die Anführerin etwas sagen konnte, legte Hunerik sein Angebot dar. „Ein Drittel von allem, was umgesetzt wird. Mehr wird es nicht geben. Wenn dir das zu wenig ist, komme ich mit der Legion wieder und wir nehmen die ganze Bude hier auseinander."

Erstaunt und amüsiert zog die Frau eine Braue hoch. „Du bist unverschämt, Legionär." Sie nahm einen Schluck Wein. „Aber du bist tapfer, das respektiere ich."

Huneriks flache Hand fuhr auf die Tischplatte nieder. „Schluss mit dem Schauspiel." Er sprang auf und stütze sich mit den Händen ab. „Ich erwarte deine Antwort. Aber egal wie sie ausfallen wird, ich werde mit meiner Schwester hier herausmarschieren."

Die Leibwächter an der Türe machten Anstalten sich zu bewegen.

„Wenn ihr Missgeburten euch auch nur eine Fußlänge bewegt, drück ich euch die Augen aus und schieb euch meinen Schwanz ins Gehirn."

„Bist du so gut, wie du glaubst?" Die Anführerin gab ihren Männern ein Zeichen und diese näherten sich mit gezückten Dolchen Hunerik von hinten.

Dieser wirbelte herum und baute sich vor den Leibwächtern auf.

„Brauchst du mich?", fragte ich.

„Bleib sitzen. Die zwei Maden zertrete ich eben, dann gehen wir."

„Großmaul", knurrte der größere Leibwächter und stieß sein Messer in Richtung von Huneriks Bauch. Dieser zuckte nicht einmal. Mit eisernem Griff packte er nach dem Handgelenk des Angreifers und drehte es herum. Das Messer fiel dem Leibwächter aus der Hand und Huneriks Faust umfasste den Schädel des Mannes. Mit einer kurzen Kraftanstrengung drückte er zu und knackte den Schädel des Mannes. Die Augen des Leibwächters wurden trüb und Blut lief aus der Nase und den Augen, dann schleuderte Hunerik den Mann zu Boden.

„Zurück", schrie die Anführerin dem verbliebenen Leibwächter zu und sprang auf.

Sofort zuckte der zweite Mann zurück.

„Brav." Hunerik drehte sich um und wischte sich die blutige Hand an der Tischdecke ab.

„Ich stimme deinem Vorschlag zu", lenkte die Anführerin ein. „Ein Drittel der Einnahmen für die Spinnen."

„Und meine Schwester steht unter dem persönlichen Schutz der Spinnen. Ihr werdet sie beschützen. Aber sei gewarnt. Sollte ihr etwas zustoßen. Sei es durch euch oder durch jemand anderen, werde ich dich zur Rechenschaft ziehen. Ich werde persönlich vorbeikommen und jeden deiner

Männer massakrieren. Und zuletzt werde ich mich dir zuwenden."

„Du hast eine merkwürdige Art Geschäfte zu machen. Vielleicht solltest du nach deiner Dienstzeit beim Militär zu uns kommen."

„Frau, du solltest dir lieber nicht wünschen, dass ich wiederkomme." Er schaute nach Liliana und nickte ihr zu. „Sind wir uns einig, Spinnenfrau?"

„Ich werde deine Schwester beschützen, als ob sie meine eigen Fleisch und Blut wäre. Aber betrüge mich nicht, sonst wirst du dir wünschen, dass du mich niemals getroffen hättest."

Liliana ging um den Tisch herum und stellte sich zu mir.

„Dann auf Nimmerwiedersehen." Hunerik drehte sich um und ging zur Türe. Liliana und ich folgten ihm.

Ohne jegliche Hektik schnallten wir unsere Waffen wieder um und verließen den Bandenunterschlupf. Ich war froh, wieder an der frischen Luft zu sein.

Nach unserem nächtlichen Erlebnis war an Schlaf nicht mehr zu denken. Hunerik und Liliana hatten sich zurückgezogen und ich lag alleine in meinem Bett. Neben mir stand eine Weinflasche, die ich kaum angerührt hatte. Mir war weder nach Alkohol, noch nach Gesellschaft. Der Abend hatte mir gezeigt, dass Hunerik verletzlich war. Hier war er nicht nur der harte Optio, sondern der besorgte Bruder gewesen, der sein Leben riskiert hatte, um seine Schwester aus der Hand von Verbrechern zu befreien.

Warum war ich eigentlich mitgegangen?

Ich hatte mich in Angelegenheiten eingemischt, die mich nichts angingen. Und die gemeinsamen Liebesstunden mit Liliana waren mit Sicherheit nicht die alleinige Ursache. Über diesen Gedanken sank ich in einen unruhigen Schlummer, der bis zum Morgengrauen andauerte.

Die Rückkehr ins Legionärslager war fast schon ein Heimkommen für mich. Die Kameraden versahen ihren Dienst und Centurio Osan erwartete uns und die Neuankömmlinge. Mit verschränkten Armen stand er vor seiner Unterkunft und beäugte die neuen Rekruten.

„Haut euch hin, ihr habt heute dienstfrei", sagte der Optio und stieg ab. Danach bellte er ein paar Befehle in Richtung der Rekruten und ließ sie der Größe nach antreten.

„Er hat sich verändert, findest du nicht?" Erkilor saß auf seinem Pferd und rieb sich den Rücken.

„Hunerik ist auch nur ein Mensch", hörte ich mich sagen. Mit steifen Knochen stieg ich vom Pferd und brachte es in den Stall. Ich würde genau das machen, was der Optio mir aufgetragen hatte. Ich würde mich hinlegen und eine Mütze voll Schlaf nehmen.

Erkilor weckte mich bei Sonnenuntergang. Ich hatte den ganzen Nachmittag verschlafen und fühlte mich nur geringfügig besser.

„Der Centurio will mit dir reden."

„Was will er?", murmelte ich im Halbschlaf.

„Geh hin, dann wirst du es wissen. Er war vor einer Stunde hier und wollte dich wecken. Du hast geschlafen wie ein Toter. Ich habe den Befehl erhalten, dich bei Sonnenuntergang zu ihm zu schicken. Steck deinen Kopf in kaltes Wasser und werd schnell wach."

Müde setzte ich mich auf und rieb mir die Augen. Was wollte der Centurio nur? Ich kleidete mich an und ging zur Unterkunft des Offiziers. Hoffentlich erwartet mich nicht wieder eine Strafe für das kleine Abenteuer mit Hunerik.

„Legionär, steh bequem und nimm dir etwas zu trinken."

Osan saß an seinem Tisch und hatte seine Beine hochgelegt. Hunerik hatte es sich in einer Ecke des Raumes bequem gemacht und trank aus einem Becher etwas, was mir die Augen tränen ließ.

„Kann ich etwas davon haben?", fragte ich ihn.

Wortlos warf der Optio mir die eine Flasche zu, die ich am Hals fing. „Bedien dich."

„Setz dich, Legionär", wiederholte Osan.

Da nur noch ein Stuhl frei war, setzte ich mich und trank zwei große Schlucke aus der Flasche.

Osan schaute mich an. „Hunerik hat mir von eurem Abenteuer berichtet, welches ihr in der Stadt hattet."

Mir schwante Übles. War der Schnaps die Vorbereitung für die Verkündung eines Urteils?

„Es war mutig von dir, mit dem Optio zu gehen. Und unglaublich dumm." Osan schwang die Füße vom Tisch und setzte sich auf. „Wenn ihr draufgegangen wärt, hättet ihr unsere gesamte Mission gefährdet. Hunerik kann ich ja noch verzeihen und verstehen, ich hätte an seiner Stelle nicht anders gehandelt. Aber es war seine Schwester, nicht deine. Warum bist du mitgegangen?"

Ich überlegte einen Augenblick. „Ich kann es dir nicht beantworten, Herr. Ich wusste, dass er Hilfe benötigte, und er ist mein Kamerad. Da konnte ich ihn nicht alleine gehen lassen. Außerdem hätten Erkilor und ich den Weg alleine nicht zurückgefunden."

Osan lachte auf. „Du bist respektlos, aber ich wusste, dass man dich nicht brechen kann. Du bist aus anderem Holz als die meisten Schlappschwänze, die wir hier haben. Genau deswegen habe ich dich zu Huneriks Stellvertreter gemacht und deswegen sitzt du hier." Er legte seine Füße wieder auf den Tisch und lehnte sich zurück. „Was weißt du über die politische Lage und den Krieg im Land?"

„Ich weiß, dass es die Söhne des verstorbenen Königs sich zerstritten haben und sich bekämpfen. Ich halte mich da heraus."

„Irrtum, Legionär Rochard", hakte Hunerik ein. „Solange du Zivilist warst, ging es dich vielleicht nichts an. Jetzt, da du ein tapferer Soldat der Legion bist, hast du Befehle zu empfangen. Und zwar genau von den Leuten, die sich da bekriegen."

„Was Hunerik dir in seiner netten Art sagen möchte, ist Folgendes: Der jüngere Sohn des Königs hat den Magierrat um sich versammelt und somit alle magisch begabten Menschen. Iulis ist politisch geschickt und hat sich so eine mächtige Streitmacht gesichert. Rulis, sein älterer Bruder will die Magie beschränken und eindämmen, da sie zu mächtig ist und die Magier in der Lage sind, das Land zu beherrschen. Die Kämpfe laufen derzeit nicht zu unseren Gunsten. Wir bekommen tüchtig den Arsch voll."

„Auf welcher Seite steht die Legion, Herr?", fragte ich.

„Gute Frage, Legionär." Osan stand auf und streckte sich. „Die nördliche Legion hat sich auf die Seite von Iulis geschlagen. Der magische Orden ebenfalls und die Adelshäuser ebenso."

Ich pfiff durch die Zähne.

„Das macht in Zahlen ungefähr ein Verhältnis von eins zu zwei gegen uns. Denn wir stehen auf der Seite von Rulis."

„Klingt so, als ob ich auf der falschen Seite Legionär geworden bin, Herr."

„Nicht nur deswegen. Wir gehören nicht der regulären Truppe an. Die Legionäre, die wir hier ausbilden werden ein Kommando für einen Sonderauftrag bilden."

Mir schwante Übles. „Was für ein Sonderauftrag?"

„Wir sollen den obersten Magier entführen und Iulis so zu Verhandlungen zwingen."

„Und weil sich keiner dafür freiwillig gemeldet hat ..."

„... hat man unsere Legion mit Sträflingen und Abschaum gegründet. Richtig, Kamerad." Hunerik schlug mir auf die Schulter.

„Aber du und der Centurio ..."

„... sind ebenfalls handverlesene Soldaten."

Osan kratzte sich am geschorenen Schädel. „Hunerik hat ein paar Jahre im Arbeitslager bekommen, weil er unangemessen grausam zu einigen Gefangenen gewesen ist und ich habe mein letztes Kommando verloren, nachdem meine Truppen auf Magier gestoßen und vollkommen vernichtet worden sind."

„Ich kann nicht sagen, dass mir das gefällt." Vor meinem inneren Auge erlebte ich bereits meinen eigenen Untergang.

Osan nickte Hunerik zu.

„Hier, fang." Der Optio warf mir etwas zu.

Erstaunt blickte ich auf das gehämmerte, grünliche Metall in meiner Hand. „Was ist das?", fragte ich den Offizier.

Osan grinste „Das, mein lieber Rochard, ist unser Trumpf in der ganzen Geschichte."

Gadah

Er stellte seinen Weinbecher auf den Tisch und zündete seine Pfeife neu an.

Atriba trank einen kleinen Schluck Wein. „Vermisst du sie?"

Gadah schwieg einen Moment, bevor er antwortete. „Es waren gute Kameraden und schlimme Zeiten. Die Kameraden vermisse ich, die Zeiten nicht. Ich bin der Letzte von ihnen. Ich glaubte, ich hätte meinen Beitrag in den vergangenen Kriegen geleistet."

„Du bist ein besonderer Mann, Gadah." Atriba strich sich eine Strähne ihres roten Haares aus dem Gesicht. „Ich habe dich bewundert, seit ich dich kennengelernt habe. Ich teile deinen Schmerz über den Verlust deiner Familie. Milana war eine gute Frau. Leider habe ich sie nicht näher gekannt. Ich fand es damals traurig, dass du dich von uns zurückgezogen hattest."

„Alles hätte mich an ihn erinnert. Er war wie ein Sohn für mich. Seit dem Kampf träumte ich jede Nacht von ihm, spürte seinen Atem, sah seine gebrochenen Augen. Nichts hat mich mehr gehalten. Ich wollte mit Milana und Raenal ein neues Leben anfangen. Es war der zweite Versuch, dem Kämpfen zu entgehen, aber es war mir nicht vergönnt. Man hat den Krieg in mein Haus getragen." Atriba legte ihm eine Hand auf das linke Knie. „Du bist damals derjenige gewesen, der alles zusammengehalten hat. Jetzt bist du derjenige, der die Bevölkerung beschützen muss. Es ist nicht deine Bestimmung, alleine in einer Hütte im Wald zu sitzen und die Füße hochzulegen. Dein Schicksal ist es, die Klinge zu sein, die die Feinde des Reiches vertreibt."

„Ich weiß, dass du das in mir siehst. Aber zu welchem Preis? Meine Familie ist umgebracht worden und ich führe eine Streitmacht, deren Blut verändert worden ist, um sie zu besseren Kämpfern zu machen."

„Die Behandlung hat dir das Leben gerettet, vergiss das nicht."

„Ich weiß. Aber ich weiß nicht, ob ich euch dafür dankbar sein soll."

Atriba schreckte zurück.

Gadah fing ihren Blick ein. „Tut mir leid. So habe ich es nicht gemeint."

„Ich weiß, dass die Trauer aus dir spricht." Atriba zog die Hand von seinem Knie. „Wenn wir beim Adelsrat sind, werden wir neue Verbündete gewinnen. Der Mord an der Kaiserin wird die Adligen dazu motivieren, ihre faulen Hintern hochzubekommen und zu handeln. Wir müssen diese Dunkelelfen aus dem Land bekommen."

Gadah schmunzelte und zog an seiner Pfeife. „Botschafterin Atriba Feuersturm. Solch eine undiplomatische Wortwahl kann ich dir aber nicht durchgehen lassen."

„Auch aus mir spricht die Trauer. Ich habe nicht nur meine Kaiserin verloren, sondern auch meine Freundin. Wir kannten uns seit Kindheitstagen."

„Wir haben alle Menschen verloren, die wir geliebt haben. Manchmal glaube ich, dass es die Toten besser haben. Thom sah so glücklich aus." Gadahs Blick wurde weich und er trank seinen Becher Wein aus.

„Wann willst du aufbrechen?", fragte Atriba und stand auf.

„Ich warte ab, bis meine Späher wieder da sind. Ich muss wissen, ob es jemand aus der Stadt geschafft hat."

„Die Dunkelelfen sind grausam, ich glaube nicht, dass sie jemanden verschont haben. Sie jagen uns Menschen, wo sie können."

„Was weißt du über sie?"

„Vor Urzeiten hatten wir Menschen einen regen Kontakt mit ihnen und ihren Vettern, den Waldelfen. Angeblich gab es einen Verrat durch einen Menschenkönig, der dazu führte, dass in unsere Welt die Magie einkehrte und das magische Gleichgewicht durcheinanderbrachte. Seitdem ist die Verbindung zwischen den Welten unterbrochen."

„Klingt mehr nach einem Kindermärchen."

„Das war es bislang auch. Bis wir die Dunkelelfen gesehen haben, die durch das Portal gekommen sind."

Er atmete schwer durch und strich sich durch den kurzen, schwarzen Bart. Seit der Behandlung waren sämtliche grauen Haare verschwunden und er besaß seine alte üppige

Haarpracht wieder. „Ich hoffe, dass der Adelsrat uns helfen kann. Wir sind zwar gegen jegliche Art von Magie resistent, aber gegen diese Massen an Gegner, die wir gesehen haben, können auch wir nicht bestehen. Sie könnten uns bloß mit den Waffen niedermachen, ohne dass sie ihre Magie einsetzen müssten."

„Der Adelsrat wird uns mit Sicherheit helfen. Niemand wird wollen, dass wir unter eine fremde Herrschaft fallen. So intrigant sie auch sind, in diesem einen Punkt werden sie sich einig sein."

„Mich würde interessieren, was aus Norderstedt geworden ist."

„Er wird beim Einmarsch der Dunkelelfen umgekommen sein", antwortete Atriba.

„Dann wären wir ein Land ohne Könige." Gadah stand ebenfalls auf und schenkte sich Wein nach. „Das macht es nicht einfacher. Ein Volk braucht einen Anführer."

Atriba stellte sich vor ihn und legte ihre Hand auf seine Brust. „Wir dürfen die Hoffnung nicht aufgeben. Wenn wir den Mut verlieren, werden wir untergehen."

Gadah schaute der Botschafterin in die grünen Augen und bemerkte ein Feuer in ihnen, was ihm zuvor noch nicht aufgefallen war.

„Herr?"

Er riss sich los und wandte sich dem Legionär zu, der am Eingang seines Kommandantenzeltes stand. „Was gibt es, Soldat?"

Der Mann schlug sich die rechte Faust aufs Herz. „Herr, die Späher sind im Lager eingetroffen."

„Und?", fragte Gadah gespannt.

„Niemand hat Flüchtlinge ausmachen können. Die Feuer in der Stadt brennen immer noch. Aber niemand kam heraus, Herr."

„Danke. Du bist entlassen. Leg dich etwas hin und versuch zu schlafen."

Der Soldat salutierte abermals und ging wieder.

„Was denkst du jetzt?", fragte Atriba.

„Es macht keinen Sinn, weiter zu warten. Wir müssen aufbrechen. Die Spitzohren werden ihrerseits Späher aussenden, um die Gegend auszukundschaften. Wir sollten uns nicht erwischen lassen."

„Setz ein Schreiben auf, das wir vorab mit einem Boten an den Adelsrat schicken. Ich möchte nicht, dass man uns als Feinde sieht, wenn wir aufmarschieren. Krok und Züleyha können es überbringen. Sie sind immerhin die Leibwächter des Königs."

„Gut. Was soll ich reinschreiben?"

Gadah sah ihr in die Augen. „Die Zauberjäger kommen."

Skiril

„Ich weiß, meine Kochkünste sind nicht die besten." Skiril drehte den Hasen über dem Spieß und beobachtete die Gegend. Er hatte in einiger Entfernung den Zwerg und Norderstedt ausgemacht und sich dazu entschlossen, hier auf sie zu warten. Zwar wollte er sich von Königen fernhalten, aber sein Eid band ihn und zwang ihn zur Treue zu diesem Mann.

Der Hund saß ihm gegenüber und verspeiste ein rohes Kaninchen, was er sich selbst gejagt hatte. Skiril hatte ihm etwas von seinem Braten angeboten, aber das Tier hatte sich vehement geweigert, Skirils Kochkünste zu probieren.

Der Liktor kramte in seinem Beutel und zog eine halbe Flasche Zwergenbrand hervor. „Das ist der Rest. Dann sitzen wir auf dem Trockenen." Er überlegte kurz, verstaute den Schnaps dann aber wieder im Beutel. „Wenn es nicht für einen reicht, bleiben wir beide nüchtern. Der Bach dort drüben hat bestimmt auch vorzügliches Wasser."

Wenig später hörte er den Zwerg und den König heranmarschieren. „Ich bin es. Kommt her und setzt euch ans Feuer."

„Liktor?", rief Eisenarsch zu ihm herüber.

„Ja, wer denn sonst? Der Hund und ich sind alleine, kommt her."

Kurz darauf knackten ein paar Zweige und Eisenarsch kam mit dem König im Schlepptau durchs Unterholz.

„Freut mich, dich zu sehen", stieß der Zwerg hervor und atmete schwer.

„Wo ist der Bibliotheksmeister?", fragte Norderstedt ohne einen Gruß.

„Er ist tot", antwortete Skiril.

„Was für ein Glück, dass du lebst." Eisenarsch setzte sich ans Feuer und streckte die Beine aus. „Marak war ein Verräter."

„Ich weiß. Er hat es mir selbst gesagt." Skiril deutete auf seinen vierbeinigen Kameraden. „Er hat mir das Leben gerettet. Ohne ihn hätte er mich umgebracht."

Norderstedt kniete sich hin und rieb sich die kalten Finger. „Es wird kalt werden."

Skiril zog die halbvolle Flasche mit Zwergenbrand hervor und reichte sie Eisenarsch. Dankbar nahm er an und setzte sie an die Lippen.

„Lass was drin, wir müssen deinen Arm versorgen." Skiril bot seinen Gästen etwas von dem Kaninchen an. Der König griff beherzt zu und biss in die Keule.

„Er wusste, dass Marak ein Verräter ist." Eisenarsch deutete auf den König, der ihn böse anschaute.

„Ihr habt doch keine Ahnung. Als König muss man Opfer bringen und das Beste für sein Land wollen."

„Opfer bringen müssen immer die anderen. Nicht wahr, König?" Der Liktor sprach Norderstedts Titel mit Verachtung aus. „Ich werde dich in den Norden begleiten, dort wirst du beim Adelsrat Unterschlupf finden. Danach sehe ich meine Dienste an der Krone als erfüllt an."

„Wir sind aufeinander angewiesen." Eisenarsch kippte sich etwas von dem Schnaps auf die Wunde an seinem Arm und knirschte mit den Zähnen. „Also sehen wir zu, dass wir das Beste daraus machen. Ich schlage vor, dass wir uns von einer Zwergenrotte begleiten lassen. Alleine durch die Wildnis zu laufen behagt mir nicht. Zudem sind wir nicht wehrhaft genug, falls wir auf diese Schlitzaugen treffen."

„Du musst uns nicht begleiten", wandte Skiril ein. „Du bist bei deinen Leuten sicherer und kannst deine Wunde auskurieren."

Der weißhaarige Zwerg winkte ab. „Ich denke, dass wir nicht alleine zum Adelsrat gehen werden. Unser Botschafter wird uns begleiten wollen." „Das ist gut, dann können wir eine gemeinsame Armee aufstellen, damit wir die Dunkelelfen zurückschlagen."

Norderstedt lachte auf. „Ihr wisst nicht, mit wem ihr es zu tun habt. Die Dunkelelfen werden uns hinwegfegen. Deswegen habe ich Legionen ausheben lassen, die ihnen gewachsen sind. Leider wurde ich zu früh aus dem Spiel genommen."

„Woher weißt du, mit wem wir es zu tun haben?", wollte Skiril wissen.

„Als ich auf der anderen Seite des Portals war, haben die Elfen meinen Geist auf links gedreht. Aber ich erfuhr auch einige Dinge von ihnen. Leider kamen erst nach und nach die Erinnerungen wieder und ich konnte erst spät handeln. Mein Wissen könnte uns nutzen."

„Du meinst, es könnte dir nutzen", warf Skiril ein.

„Ich bin schließlich der König."

„Im Moment bist du ein König ohne Land, Herr." Der Liktor stand auf und streckte sich. „Wir sollten heute hier übernachten und morgen weitergehen. Dann sind wir ausgeruht und Eisenarsch kann seine Wunde etwas pflegen."

„Danke, Junge." Der Zwerg lächelte dankbar und legte sich auf den Rücken. Innerhalb von zwei Atemzügen fing er an zu schnarchen.

„Er macht es richtig." Skiril legte sich auf die andere Seite des Feuers und streckte die Beine aus.

„Sollte nicht jemand Wache halten?", fragte Norderstedt, aber der Liktor schnarchte auch bereits. Sein Blick fiel auf den grauen Hund, der aufmerksam die Gegend betrachtete. „Dann wird es wohl deine Aufgabe sein", sagte er zum Hund und legte sich ebenfalls hin.

Rochard

Osan und Hunerik führten uns in die Nähe des Schlosses von Zadara, Iulis erstem Magier. Wir waren eine handverlesene Gruppe von zwölf Mann. Die neuen Kameraden, die Hunerik, Erkilor und ich zur Legion geholt hatten, waren lernwilliger gewesen und Hunerik hatte mit unserer Hilfe brauchbare Soldaten formen können. Nur zwei waren durch seine Schleiferei zugrunde gegangen.

„Achtung", murrte Hunerik leise und hob die Hand. Er und ich waren dabei, das Schloss des Magiers auszukundschaften. Seit dem kleinen Abenteuer damals war unsere Achtung voreinander gewachsen und wir waren so etwas wie Freunde geworden. Es hatte noch einige gemeinsame Abende im Etablissement seiner Schwester gegeben, in denen wir uns unseren Spaß gegönnt hatten. Liliana und ich hatten in jeder Nacht zusammengelegen und die gemeinsame Zeit genossen.

„Ich sehe es." Ich kniete mich neben den Optio und drückte mich an einen Baum. Das lose Blattwerk gab uns genug Deckung, damit wir nicht entdeckt wurden. Hunerik kniete neben mir.

„Umgeben von einer Mauer, die wir spielend überwinden können. Was mir Sorgen macht, sind die Hunde im Hof. Wenn sie uns wittern, werden sie anschlagen und den Bastard warnen."

„Vergiss nicht die Wachen. Allesamt Magier von Ihrem Orden der roten Hand."

„Sie können uns nichts anhaben, Osan hat es dir doch erklärt."

„Sie können uns nichts mit Magie anhaben. Aber wenn es Stahl gegen Stahl geht, müssen unsere Leute zeigen, was sie können."

Hunerik nickte. „Sie werden es schaffen. Außerdem sind wir ja bei ihnen."

Osan kam geduckt zu uns. „Und?"

„Alles, wie du es beschrieben hast, Herr", antwortete ich.

„Unsere Spione sind gut informiert. Heute Abend wird Zadara eintreffen und sich ein paar Tage bei der Jagd vom Krieg erholen. Kurz vor Mitternacht schlagen wir zu."

Ich lag auf dem Bauch und beobachtete das Schloss durch das Gebüsch. Die Kutsche des Magiers kam vor Sonnenuntergang an und hielt im Hof an. Da es bereits dämmrig war, konnte man nur erahnen, wer aus dem Gefährt stieg. Hinter mir raschelte es.

„Alles klar?" Erkilor war gekommen und legte sich neben mich. „Ich soll dich ablösen, dann bekommst du vor unserem Einsatz noch etwas Schlaf."

„Danke. Den kann ich gebrauchen. Nachdem die Kutsche angekommen war, herrschte kurz Trubel, dann wurde es wieder ruhiger und einige Lichter gingen im Schloss an. Wenn die Informationen stimmen, sitzt Zadara im Turm."

„Bislang haben die Informationen gestimmt."

Ich klopfte ihm auf die Schulter und rutschte nach hinten, um nicht gesehen zu werden. „Bis später und halt die Augen auf."

Unser Lager lag eine Steinwurfweite entfernt. Zur Sicherheit hatten wir kein Feuer entfacht und uns am Trockenfleisch gütlich getan. Bis auf einen Kameraden, der Wache hielt, schliefen alle. Ich legte mich auf meine Decke und schloss die Augen. In ein paar Stunden würde es losgehen und ich hoffte, dass wir alle überleben würden.

Hunerik weckte mich mit einem Tritt in die Rippen. Verschlafen rieb ich mir die Augen.

„Es geht los. Auf die Beine." Mit diesen Worten ging er zum nächsten Kameraden und weckte ihn auf die gleiche Weise. Ich schaute mich um und sah Osan in der Mitte des Lagers stehen. Grimmig blickte er auf die Legionäre, die langsam hochkamen und sich den Schlaf aus den Knochen schüttelten.

„Leise, Kameraden", knurrte der Centurio. „Ab jetzt verständigen wir uns nur mit Handzeichen. Wenn einer das Maul aufmacht, wird er von mir persönlich ein Schwert in die Rippen bekommen. Jeder kennt den Plan und jeder weiß, was er zu tun hat. Fragen?"

Die Legionäre verneinten leise.

„Gut, dann los jetzt."

Wir waren in zwei Gruppen aufgeteilt. Eine Gruppe führte der Centurio und Erklor, die andere Gruppe Hunerik und ich. Vier Legionäre waren in jeder Gruppe, sodass jede Gruppe aus sechs Mann bestand. Während Osan sich mit seinen Leuten von Norden näherte, sollten wir die südliche Mauer überwinden. Dahinter lag ein Teich, der als Barriere fungierte. Immerhin war der hintere Teil des Anwesens nicht bewacht.

Der Plan war simpel. Osan sollte mit seiner Gruppe die Hunde außer Gefecht setzen, indem sie ihnen vergiftete Fleischstücke über die Hofmauer warfen. Wir sollten die Wachen überwältigen, sobald die Hunde nicht mehr bellen konnten.

Als wir die Mauer überwunden hatten, ließen wir uns möglichst leise ins Wasser gleiten. Unsere Rüstungen hatten wir gegen einfache und zweckmäßige Kleidung ausgetauscht. Wir konnten nur hoffen, dass wir in keine ernsthafte Auseinandersetzung mit den Wachsoldaten gerieten.

So knieten wir dort im Wasser, bis die vergifteten Fleischstücke die Hunde getötet hatten. Hunerik hob seine Hand und gab uns das Zeichen, dass wir leise voranrobben sollten. Der kritische Moment würde sein, wenn wir aus dem Wasser kamen. Das Wasser würde an uns herabfließen und in der stillen Nacht Geräusche verursachen, die jede Wache aufmerksam aufhorchen lassen würde. Um dies zu vermeiden gingen wir paarweise an Land und legten uns hin, damit das Wasser aus unserer Kleidung fließen konnte, ohne auffällig zu sein.

Hunerik und ich waren die ersten, die an Land gingen. Er zeigte auf die zwei Wachen, die uns den Rücken zugekehrt hatten, und zum Tor blickten, welches in den Vorhof des Schlosses führte. Mit einer fließenden Bewegung stand Hunerik auf und ich tat es ihm nach. Ohne nachzudenken, folgte ich ihm und peilte mit meinem Dolch den Mann an, der links von uns stand. Hunerik würde die Wache zu unserer Rechten überwältigen. Nachdem er mir zugenickt hatte, stieß ich die Klinge in den Nacken des Mannes. Ich fing ihn auf und legte ihn geräuschlos auf die feuchte Wiese. Als ich aufblickte, sah ich, dass Hunerik es ebenso gemacht hatte. Schnell drehte er sich um und gab den anderen Männern das Signal aus dem Teich zu steigen. Zwei von ihnen glitten an uns vorbei und kümmerten sich um die zwei verbliebenen Wachen am Eingang des Schlosses.

„Der Weg ist frei", flüsterte er mir zu. Ein Mann lief zum Tor, vorbei an den toten Hunden, und öffnete Osan den Zugang zum Hof. Seine Gruppe kam lautlos hereingeglitten und gesellte sich zu uns. Der Centurio nickte uns zu und sofort schlichen wir auf die westliche Seite des Gebäudes. Dort befand sich der Küchenanbau, der nicht verschlossen war, damit sich die Wachsoldaten dort etwas Warmes zur Stärkung holen konnten. Asidan, ein junger Mann, der wegen Raub im Kerker gesessen hatte, hatte sich den Mantel eines Wachsoldaten übergeworfen und wollte den Koch überwältigen. Nach einem kurzen Poltern aus dem Kücheninneren gab er uns ein Zeichen, dass wir folgen konnten. Wir schlichen in die Küche und atmeten durch.

„Gute Arbeit, Männer", lobte Osan im gedämpften Tonfall.

Der weitere Plan bestand darin, dass Erkilor den Kamin hinaufkletterte, der direkt in das Gemach von Zadara führte. Ich und ein anderer Legionär würden ihm folgen.

Wir löschten das Feuer im Kamin und schoben die restliche Glut zur Seite.

Erkilor griff nach dem Seil, was er um den Leib geschlungen hatte, und stieg in den Kaminschacht.

„Viel Glück. Wenn du nicht schnell genug kletterst, machen wir das Feuer wieder an", sagte ich und gab ihm einen Klaps auf die Schulter.

„Leck mich", knurrte er und stemmte sich in die Kaminwände, um dann Stück für Stück nach oben zu verschwinden.

„Bereitet euch vor", sagte Osan zu mir und Goltar, einem anderen Legionär. Lieber wäre ich mit Hunerik Erkilor gefolgt, aber der Optio passte nicht durch den Kamin.

Ich warf einen Blick nach oben und sah, dass Erkilor schon das erste Stockwerk erreicht hatte. „Ich geh jetzt rein. Bis später."

Mit diesen Worten krabbelte ich ebenfalls in den Schacht und stemmte meinen Rücken gegen die Wand. Meine Füße stemmte ich gegen die gegenüberliegende Wand, mit den Händen schob ich meinen Körper nach. Es war verflucht anstrengend, wenn mich die Kraft verlassen oder ich einen Krampf bekommen hätte, wäre ich abgestürzt und hätte mir den Hals gebrochen. Ruß rieselte auf mich herab und ich schwitzte wie eine Sau, aber ich schaffte es. Erkilor reichte mir im zweiten Stockwerk die Hand und zog mich aus dem Schacht. Ich versuchte, so leise wie möglich zu schnaufen.

Goltar kam kurz nach mir an und gemeinsam zogen wir ihn hoch. Wir waren über und über mit Ruß bedeckt, aber wir hatten es geschafft. Goltar brauchte ebenfalls ein paar Augenblicke zum Verschnaufen, dann nickte er mir zu.

„Zadara ist in seinem Schlafraum und bumst gerade seine Frau", berichtete Erkilor. „Wir werden nicht viel Mühe haben, ihn zu überwältigen."

„Dann los", sagte ich und stand auf. Wir schlichen zur Türe des Schlafzimmers und hörten die Frau stöhnen. „Rein, jetzt ist er abgelenkt." Ich stieß die Türe auf und stürmte voraus. Im Himmelbett vor uns sah ich den Zauberer mit nacktem Arsch über einer Frau knien, sein Becken bewegte sich rhythmisch und beide stöhnten so laut, dass sie uns gar nicht bemerkten. Rasch trat ich vor und schlug meine Faust gegen die Schläfe des Mannes. Sofort sank er zusammen und rührte sich nicht mehr.

„Was ...?", begehrte die Frau auf und wurde von Erkilor außer Gefecht gesetzt. Auch sie sank zusammen.

„Jetzt verpacken wir ihn und dann sehen wir zu, dass wir hier herauskommen. Ich möchte nicht hier sein, wenn die Soldaten wach werden und Alarm schlagen."

Erkilor und Goltar verschnürten Zadara, während ich mich im Raum umsah.

„Achtung", rief Goltar und ich glitt zur Seite. Trotzdem erwischte mich der Dolch noch am Oberschenkel und mein Bein knickte ein. Die Frau musste ihn unter dem Kissen versteckt haben. Anscheinend war Erkilor etwas zu zimperlich mit seinem Schlag gewesen.

Sie vollführte eine Bewegung mit der Hand und schoss einen Feuerball auf mich ab. Bevor dieser mich verzehren konnte, flammte eine grüne Aura um mich herum auf und ließ den Feuerball abprallen.

„Miststück", schimpfte Goltar und rammte der Frau sein Schwert in den Rücken.

Ungläubig schaute ich auf das Schauspiel. Mit gebrochenen Augen sank die Frau zu Boden und rührte sich nicht mehr.

„Das war unnötig", sagte Erkilor. „Kannst du das Bein belasten?", fragte er mich.

„Ich glaube schon. Runter ist einfacher als rauf. Außerdem kann ich mich am Seil festhalten."

Bevor ich mich aufrappelte, bemerkte ich, dass Zadara uns hasserfüllt anblickte.

Das Glück war uns hold und wir konnten unbemerkt verschwinden. Vor den Toren wartete ein Kamerad mit unseren Pferden und wir schwangen uns in die Sättel. Wir mussten zusehen, dass wir weit weg waren, wenn man Zadaras Fehlen bemerken würde.

Luzil

„Die Ältesten haben sich anders entschieden", verkündete Faharin im Baumhaus und machte ein zufriedenes Gesicht.

Nachdem es zuerst hieß, dass sie die Menschen an die Dunkelelfen ausliefern wollten, hatte Faharin eine neue Beratung eingefordert und sich für sie eingesetzt.

„Sie werden euch zwar fortschicken, Aber ihr steht unter dem Schutz meines Volkes."

„Das klingt gut.", sagte Luzil.

„Wir bringen euch zu unseren Vettern aus dem Hochland. Dort werden die Dunkelelfen euch nicht aufsuchen."

„Wie kommt es zu dem plötzlichen Meinungsumschwung?", hakte Gundra nach und flocht sich die Haare zu einem Zopf.

„Die Ältesten wollen nicht, dass die Dunkelelfen glauben, wir hätten Angst vor ihnen. Zunächst waren sie der Meinung, sie würden mit eurer Auslieferung den Frieden bewahren, aber es wäre nur der erste Schritt gewesen, uns von ihnen dominieren zu lassen."

„Also Eitelkeit." Gundra band sich ein Lederband um das Ende ihres Zopfes und warf ihn über die Schulter.

„Mir ist egal, warum ihr uns helft, ich bin euch trotzdem dankbar", sagte Isela zu dem Elfen, um den Worten Gundras die Schärfe zu nehmen.

„Wie sollen wir von hier weg? Die Dunkelelfen werden mit Sicherheit das Lager umstellt haben." Luzil kratzte sich am Bart.

Faharin lächelte sanft. „Wir haben ein paar Dinge, die euch vielleicht fremd sind. Wir werden fliegen."

Kurz später standen sie in einem Korb, über dem ein riesiger Ballon aus Seide schwebte.

„Und das Ding hält uns?", fragte Luzil beunruhigt.

„Keine Sorge", winkte der Elf ab. „Der Korb ist stabil und wenn wir die Flamme heiß halten, wird die warme Luft in den Ballon steigen und uns in der Luft halten. Alles andere macht die Natur."

Luzil schaute noch skeptisch drein, aber fügte sich in sein Schicksal.

„Kapp die Taue", sagte Faharin zu einem anderen Elfen, der außerhalb des Korbes stand. Dieser zog ein Messer hervor und durchschnitt die Taue.

Der Korb wurde hochgezogen und einige der umstehenden Elfen winkten ihnen zum Abschied zu. Die Frauen und Faharin winkten ihnen zurück. Luzil hielt sich an der Kante des Korbes fest, in dem sie standen. Mit Sorge betrachtete er die zunehmende Höhe.

„Es ist sicher", versuchte Faharin zu beruhigen und überprüfte die Spannseile, die sich um den gewaltigen Ballon gelegt hatten und den Korb hielten.

„Schau dir nur diese Aussicht an", schwärmte Isela und hakte sich bei Luzil ein.

Gemeinsam schauten sie auf die weite Landschaft. Unter ihnen war der gewaltige Wald und das Dorf der Elfen, was sich mit dem Wald verband. In einiger Entfernung waren die Truppen die Dunkelelfen zu sehen, die sich dem Dorf näherten.

„Dort hinten müssen wir hin." Faharin deutete auf die weit entfernten Berge, die sich am Horizont präsentierten.

„Wie lange wird die Reise dauern?" Isela hielt ihren Mann immer noch am Arm.

„Wir werden zwei Tage unterwegs sein. Unsere Vettern wissen schon, dass wir kommen."

„Zauberei?" Gundra trank etwas von dem verdünnten Wein, den sie bei ihren Vorräten mitführten.

„Nein, Brieftaube." Faharin überprüfte das Feuer in der Feuerschale unter dem Ballon und setzte sich dann mit angezogenen Beinen auf den Korbboden.

Luzil schaute noch einige Zeit über die weite Landschaft, konnte aber keine Stadt oder Siedlung entdecken.

„Wir sind weit weg von zu Hause", erriet Isela seine Gedanken.

„Immerhin sind wir zusammen." Er küsste sie auf den Scheitel und legte seinen Arm um ihre Schulter.

Skiril

Eisenarsch hatte sich geweigert, etwas von Norderstedts Heilmagie anzunehmen, damit seine Wunde besser heilte. Skiril vermutete, dass es eher die Abneigung gegen den König war, als denn die Vorbehalte gegen die Magie. Aber der Zwerg schien sich auch ohne magische Hilfe gut zu erholen.

„Hey, König. Warum hast du nicht mit Goldfuß oder der Kaiserin gesprochen und deine Pläne offengelegt? Wäre das nicht besser gewesen anstatt den Geheimniskrämer zu spielen und auf eigene Faust eine Armee aus Unfreiwilligen auszuheben?" Eisenarsch war sauer und erwartete Antworten.

Norderstedt leckte sich über die Lippen und überlegte, ob er überhaupt antworten sollte. Schließlich tat er es doch. „Ich konnte mir nicht sicher sein, dass der Hof der Kaiserin frei von Spionen war. Und auch bei euch Zwergen wusste ich nicht, ob nicht einige bereit gewesen wären, mit den Dunkelelfen gemeinsame Sache zu machen. Außerdem …"

„… hätte weder die Kaiserin noch der Zwergenkönig deiner Idee von den veränderten Soldaten zugestimmt.", vollendete Skiril den Satz des Königs. „Die Zauberjäger, die sich in der Stadt befanden, sind nun auch den Dunkelelfen zum Opfer gefallen." Skiril wischte sich den Schweiß von der Stirn. „Wo ist überhaupt deine Armee aus veränderten Kriegern?"

„Sie wird von Olizu angeführt. Er ist intelligent genug, um zu wissen, was zu tun ist."

Skiril hatte da eine andere Meinung, behielt sie aber für sich.

Der Hund knurrte leise und legte die Ohren an.

Sofort ging der Liktor in die Knie und bedeutete seinen Begleitern, es ihm gleich zu tun.

„Was ist los?", flüsterte der König und sah sich um.

Skiril legte den Zeigefinger an die Lippen. Auf allen vieren robbte er vorwärts und drückte sich in die Büsche, die ihm die Sicht versperrten. Ein leises Jammern war zu hören.

Der Hund knurrte abermals leise und zog die Lefzen hoch.

Vorsichtig lugte Skiril durch das Gestrüpp und sah ein Lager der Dunkelelfen. Einer schürte das Feuer und zwei weitere Elfen standen vor Gefangenen, die kopfüber von einem Ast hingen. Zwei Zauberjäger, Dolori und ein Mann, den er nicht kannte, hingen dort und warteten auf ihr Ende.

Die zwei Elfen nahmen den unbekannten Mann und rissen ihm die Kleidung vom Leib. Nackt jammerte der Mann lauter und zappelte vor den Dunkelelfen. Einer von ihnen nahm sein Schwert und hieb mitleidlos den Mann entzwei. Dann herrschte Ruhe und es roch nach Blut und Innereien. Der Elf nahm ein langes Messer und schnitt sich Fleischstücke aus dem Körper, um sie seinem Kumpan zu reichen. Dieser ging damit zum Feuer und steckte sie auf Spieße.

Skiril wandte sich ab und konnte ein Würgen nur mit Mühe unterdrücken. Schnell robbte er zurück zu seinen Begleitern.

„Junge, was ist los?", fragte der Zwerg.

Aber Skiril   konnte nicht reden. Er würgte und übergab sich vor den König, der nur knapp einem Schwall Erbrochenem entging. Der Hund stand neben ihm und witterte aufmerksam. Der Geruch von gebratenem Fleisch drang zu ihnen herüber und ließ den Liktor abermals würgen. „Gib mir den Rest vom Schnaps", sagte er tonlos zum Zwerg.

Eisenarsch gab ihm die Flasche und sah, wie die kostbare Flüssigkeit in die Kehle des Liktors floss.

Er atmete tief durch und schnallte dann sein Bündel ab. „Wer kommt mit mir, um Kameraden zu retten?"

„Liktor, was ist denn los?", herrschte der König ihn an.

„Da vorne ist ein Lager mit Dunkelelfen und sie haben Menschen gefangen, die sie Schlachten und braten."

„Jetzt verstehe ich, warum du so weiß bist." Eisenarsch schnallte alles Unnötige ab und nickte ihm zu. „Ich komme mit."

„Hält dein Arm es aus?"

„Wird er müssen. Wir schulden den rotäugigen Bastarden etwas. Und ein Zwerg bezahlt seine Schulden."

„Moment", warf Norderstedt ein und hob die Hände. „Was ist denn mit mir?"

„Du bleibst hier und wartest auf uns. Sollten wir draufgehen, gehst du alleine zu den Zwergen." Skiril stand auf und wollte keine weiteren Einwände hören. „Dann los. Du gehst auf die Rückseite ihres Lagers, dann werden sie ihren Angriff zunächst gegen mich richten, aber ich bin gegen ihre Magie immun."

„Einverstanden", sagte der Zwerg. „Was ist mit deinem haarigen Bruder?"

„Der weiß, was er zu tun hat."

Mit lautem Getöse brach er, wie zufällig, durch die Büsche zum Lager und schaute in die Gesichter der Dunkelelfen, die sich gerade über den Braten hermachten.

„Na, ihr Hurensöhne. Was macht ihr denn hier?", tönte Skiril und holte seinen Morgenstern hervor.

Für einen Augenblick waren die Elfen abgelenkt und achteten nicht auf den Zwerg, der sich ihnen von hinten näherte. Kurzerhand warf er seine Axt, die im Kopf eines Elfen steckenblieb. Seine Kameraden schreckten hoch und zogen ihre Waffen. Von der Seite kam der Hund herangestürmt und verbiss sich in die ungeschützte Halsseite des am nächsten stehenden Elfen.

„Narr", schallte es in Skirils Kopf und der letzte Elf sandte ihm mit einer Handbewegung eine Feuergarbe entgegen. Skirils Amulett reagierte und schützte ihn mit der grünen Aura vor der Magie.

Überrascht riss der Dunkelelf die roten Augen auf.

Skiril sprang vor und schwang seinen Morgenstern in Richtung des Kopfes des Elfes, aber er war zu langsam. Mit einer fließenden Bewegung brachte sich sein Feind aus der Reichweite seiner Waffe und zog einen Dolch, um ihn in Skirils Nieren zu rammen. Nur mit Mühe konnte er dem Angriff entgegen und wehrte die Klinge mit dem Arm ab.

Eisenarsch sprang ihm zu Hilfe und hieb mit einem schweren Ast auf den Kopf des Elfen ein, der in die Knie ging.

Skiril schwang seinen Morgenstern abermals und traf diesmal den betäubten Elfen an der Schläfe. Getroffen fiel er zur Seite und rührte sich nicht mehr.

„Die Burschen sind verdammt hart im nehmen", bemerkte Eisenarsch und zog seine Axt aus dem Kopf seines Opfers.

„Fessel ihn und pass auf, falls er wach werden sollte." Skiril rief nach dem König, der kurz darauf zu ihnen stieß.

„Ihr hattet Glück." Norderstedt schaute sich um und sein Blick fiel auf die Gefangenen, die sie dankbar anschauten.

„Ich muss dem König ausnahmsweise recht geben", warf der Zwerg ein. „Wir haben sie überrascht. Ansonsten hätten sie uns auseinandergenommen."

Skiril ging zu den Gefangenen und schnitt sie los. Dolori hielt sich an ihm fest und weinte. Zögernd umarmte er sie. „Es ist vorbei, du bist erstmal in Sicherheit."

„Es war furchtbar in der Stadt. Niemand ist mehr am Leben." Dolori schluchzte.

„Schaut mal, die Bastarde haben doch einen Mund." Eisenarsch kniete neben einem der toten Dunkelelfen und untersuchte ihn mit einem Messer. „Wenn sie den Mund schließen, ist es fast nur eine Hautfalte, deswegen sieht es so aus, als ob sie keinen Mund haben."

„Anders hätten sie es auch nicht essen können." Skiril deutete auf die Fleischstücke über dem Feuer und vermied es, den geschlachteten Mann anzusehen.

„Sie sind anders, sie sind erbarmungslos und sie hassen uns Menschen abgrundtief." Von Norderstedts Blick war starr geradeaus gerichtet. „Ihre Magie ist der unseren weit überlegen. Ich hoffe, ihr versteht jetzt, warum ich handeln musste und keine Zeit hatte, mit den anderen Herrschern zu diskutieren."

„Ihr seid die letzten Männer der Legion?", wollte Skiril von den Zauberjägern wissen, die sich mittlerweile von ihren Knebeln befreit hatten.

Der Ältere der beiden nickte. „Ja. Unsere Kameraden kamen alle ums Leben. Sie erwischten uns in den Unterkünften des Palastes, in denen wir einquartiert waren. Da die anderen Kameraden nur in kleinen Gruppen unterwegs waren, konnte ihnen niemand ernsthaften Widerstand entgegenbringen."

„Dann begleitet ihr uns jetzt", bestimmte der Liktor. „Wir begleiten den König. Mein Name ist Skiril, ich bin Centurio bei den Liktoren."

„Ja, Herr", sagten die Legionäre und salutierten.

„Er kommt zu sich", rief Eisenarsch und deutete auf den betäubten Elfen, der sich langsam bewegte.

„Schick ihn wieder schlafen, er ist später an der Reihe."

Eisenarsch rammte dem Elfen den Axtstiel zwischen die Augen und der Gefangene erschlaffte wieder.

„Pass auf ihn auf. Wir wollen erstmal diesen armen Teufel begraben, dann wenden wir uns unserem Feind zu. Wollen wir mal sehen, ob er uns etwas mitteilen kann, was wir noch nicht wissen."

Krok

„Mir gefällt es nicht." Krok ritt missmutig an der Spitze der kleinen Gruppe. In seiner Gürteltasche trug er den Brief, den Atriba ihnen mitgegeben hatte und den sie überbringen sollten.

„Wann hat dir das letzte Mal etwas gefallen?" Züleyha ritt mit Zara gemeinsam auf einem Pferd und behielt die Umgebung genau im Auge.

„Meistens hatte ich recht", beharrte Krok.

„Du bist und bleibst ein Miesepeter." Sie drehte sich um und versicherte sich, ob Pradan mit ihnen Schritt halten konnte. Er war das Reiten nicht gewohnt und hatte sich am Vortag wund geritten. „Wird es gehen?", fragte sie den Mann.

Der Schmied nickte, sah aber nicht besonders glücklich auf dem Pferderücken aus.

„Ich werde von zwei Miesepetern begleitet", flüsterte Züleyha und drehte sich wieder um.

Am Mittag kamen sie über einen Hügel und sahen die Kaiserstadt. Nach dem Sieg über die Nekromantenheere war dies der Sitz der Kaiserin geworden. Wenn Krok und Züleyha geglaubt hatten, dass es in der Hauptstadt prachtvoll zugegangen war, dann stockte ihnen jetzt der Atem. Die Stadt war an einem Berg erbaut und zog sich ringförmig um diesen herum. Während oben der Palast erbaut worden war, folgten zum Fuße des Berges die Adelshäuser, Wohnhäuser, Schänken, Handwerkerunterkünfte und so weiter. Alles in allem schätzte Krok die Kaiserstadt doppelt so groß wie die Hauptstadt.

„Das ist überwältigend", sagte Pradan.

„Mama, da wohnt die Kaiserin?" Zara zeigte mit dem ausgestreckten Arm auf die gigantische Stadt.

„Ja, mein Kind. Dort hat die Kaiserin gewohnt." Züleyha nickte Krok zu. „Wir werden empfangen."

„Ich sehe es." Er schaute auf die kleine Truppe, die ihnen entgegengeritten kam. „Hände weg von den Waffen. Wir kommen als Freunde, vergesst das nicht."

„Wer seid ihr?", fragte der Centurio der Soldaten, bevor er sein Pferd gezügelt hatte.

„Boten von der Botschafterin Feuersturm und des Blutlords Gadah, Kommandant der Zauberjägerlegion. Wir haben einen Brief für den Adelsrat." Krok überging die unhöfliche Art des Mannes.

„Und wer ist der Kerl auf dem Pferd hinter der Frau?"

„Unser Kindermädchen", mischte sich Züleyha ein und lenkte ihr Pferd neben Kroks.

„Wer seid ihr?", herrschte der Mann sie an. Seine Soldaten hatten einen Halbkreis um sie herum gebildet. Sie waren erfahrene Soldaten, das sah Krok auf den ersten Blick.

„Wir sind die Leibwächter von König Norderstedt, Centurio. Hat deine Neugierde einen bestimmten Grund?"

„Ich führe nur Befehle aus", gab der Anführer kurz angebunden zurück. „Ihr gebt eure Waffen ab und folgt uns. Wo ist der Brief, den ihr überbringen sollt?"

Krok klopfte auf seine Gürteltasche. „Hier drin."

„Her damit."

„Bist du Mitglied des Adelsrates?", gab Züleyha zurück.

Der Centurio funkelte sie wütend an.

„Wir sollen das Schreiben dem Adelsrat überbringen und nicht einem Laufburschen."

Der Centurio presste die Lippen zusammen. „Händigt eure Waffen meinen Männern aus, dann reiten wir los." Ohne ein weiteres Wort zu verlieren, riss der Offizier sein Pferd herum und rief einen Soldaten zu sich, dem er etwas zuraunte. Was es war, konnte Krok nicht verstehen.

„Ich dachte, ich bin der undiplomatische Teil von uns beiden."

„Bist du auch, aber ein Idiot versteht keine Diplomatie." Züleyha übergab einem der Soldaten ihre Messer und schaute auf die große Stadt.

„Das muss ich mir merken", sagte Krok und gab sein Kurzschwert ebenfalls einem der Soldaten.

Man führte sie zu einem Gebäude, dessen Pforten aus Marmor bestanden und dessen Türklinken vergoldet waren.

Der Centurio ging voraus und Krok folgte ihm mit Züleyha. Pradan wartete mit Zara vor dem Haus auf ihre Rückkehr. Krok fühlte sich nicht wohl in dieser fremden Stadt, aber sie kamen nicht als Feinde.

„Der Ratssekretär wird euch empfangen und alles weitere mit euch besprechen." Der Centurio blieb vor einer schweren, dunklen Türe stehen. „Eure Waffen werdet ihr in eurem Quartier finden." Mit diesen Worten drehte sich der Soldat um und ging, ohne ein weiteres Wort zu verlieren, den Weg zurück, den sie gekommen waren.

„Komischer Kauz", knurrte Krok und klopfte an die Türe.

„Immerhin wissen wir, dass uns ein Quartier erwartet." Züleyha drückte die Türklinke hinunter und stieß die Türe auf.

„Kommt nur herein", schallte es ihnen entgegen.

Krok schob Züleyha hinein und stand in einem Raum, der mit einem Teppich ausgelegt war und in dem ein offener Kamin seine Wärme spendete. Es war schon kühl, wenn die Sonne unterging und Krok genoss die Wärme.

Neben einem Schreibtisch stand ein großer, dürrer Mann mit schütterem Haar. Die Hände hielt er vor den Bauch gefaltet. „Mein Name ist Buliius, ich bin der Sekretär des Adelsrates." Er verbeugte sich leicht.

„Mein Name ist Züleyha, ich bin die Nichte und Leibwächterin von König Norderstedt und Gesandte der Botschafterin Atriba Feuersturm. Dies ist mein Gemahl Krok, ebenfalls Leibwächter des Königs. Wir kommen mit einem Brief für den Adelsrat."

„Der Centurio hat mich unterrichtet, ehrwürdige Züleyha. Ich hoffe, dass die Soldaten euch nicht erschreckt haben. Aber derzeit sind gewisse Vorsichtsmaßnahmen leider unumgänglich."

„Wir sind nicht so leicht zu erschrecken." Züleyha schmunzelte leicht.

„Darf ich um das Schreiben bitten, was ihr uns überbringen sollt?" Der Sekretär streckte die linke Hand aus.

Krok griff in seine Gürteltasche und holte den gesiegelten Brief hervor.

Der Blick des Sekretärs fiel auf Kroks Metallarm. „Eine Kriegsverletzung?"

„Kann man so sagen", erwiderte Krok leise.

„Ich wollte nicht neugierig sein. Verzeih."

Krok erwiderte nichts und übergab den Brief.

„Das Siegel der Botschafterin", murmelte Buliius und brach es.

Züleyha bemerkte den silbrig schimmernden Ring um den Hals des Sekretärs. „Du bist Sklave?"

Der Sekretär blinzelte einen Augenblick irritiert. „Durchaus."

„Tut mir leid, in unserem Land sind uns Sklaven fremd."

„Ich hörte davon. Aber Sklave heißt bei uns lediglich, dass wir einen Herrn haben, dem wir gehorchen müssen. Dafür muss man nicht unbedingt einen Halsring tragen."

„Wie recht du hast", murmelte Krok seine Zustimmung.

Wenig später geleitete man sie in ihr Quartier. Es erinnerte Züleyha an ihr Zimmer bei Norderstedt, nachdem man Krok und sie verletzt dorthin gebracht hatte. Lange war es her...

„Endlich alleine", seufzte Krok und setzte sich auf das weiche Bett.

Zara hatte man bei ihnen untergebracht, Pradan war bei den Dienstboten untergekommen. Ihre Tochter warf sich überschwänglich auf ihren Vater und umarmte ihn. Krok umarmte sie und drückte ihr einen Kuss auf die Stirn.

„Ich lasse uns ein Bad vorbereiten und dann können wir erst einmal schlafen. Es wird uns guttun. Und unsere Waffen hat man uns ebenfalls gebracht." Züleyha setzte sich neben Krok aufs Bett und gähnte.

„Ich glaube nicht, dass die uns viel helfen werden." Krok legte den Kopf zurück und begann sofort zu schnarchen.

Züleyha klopfte ihm auf den Oberschenkel. „Da hast du recht."

Rochard

Wir ritten kurz nach Sonnenuntergang in das Dorf. Dann, wenn man damit rechnen konnte, dass die Bewohner in ihren Häusern waren.

Das Kriegsglück hatte sich zugunsten der Realisten, zu unseren Gunsten, gedreht und wir wurden mittlerweile zur

Unterstützung der regulären Truppe eingesetzt. Wenn es einen dreckigen, unehrenhaften Auftrag zu erledigen gab, rief man uns, die Zauberjäger. Die reguläre Legion hielt sich fern von uns und die Bevölkerung fürchtete uns.

Zurecht.

Ich weiß nicht mehr, wie das Dorf hieß, in das wir ritten. Es war uns auch egal. Es sollte einen Spion im Dorf geben und den galt es ausfindig zu machen.

„Wir holen die Leute aus den Häusern und treiben sie auf dem Marktplatz zusammen. Es leben nicht mehr als hundert Seelen dort. Wir sind drei Dutzend schwerbewaffnete Männer, da werden sie uns keinen Ärger bereiten." Osan erläuterte uns seinen Plan, bevor wir ins Dorf ritten. Er war der Kopf der schwarzen Legion. Er übernahm das Denken für uns alle. Hunerik, Erkilor und ich waren die Optios und für die Männer verantwortlich.

„Was ist, wenn jemand Stunk macht", fragte Hunerik.

„Dann außer Gefecht setzen. Wenn es sich vermeiden lässt, will ich heute keine Toten sehen." Osans Antwort gab mir Hoffnung, dass es nicht blutig werden würde.

Wir ritten von zwei Seiten in das Dorf. Huneriks Gruppe von Westen, meine Gruppe von Osten. Erkilor hatte an den übrigen Ausgängen des Ortes Posten aufgestellt, die Flüchtlinge abfangen würden. Das Dorf bestand aus etwas mehr als dreißig Häusern und Hütten. Mit einer Schmiede und einer Schenke, die gleichzeitig als Ratssaal diente, fand man hier sogar einen gewissen Luxus vor.

Es verlief alles nach Plan. Wir brachen die Häuser auf, rissen die Leute aus den Betten oder vom Abendessen weg und trieben die Familien in der Dorfmitte, vor der Schenke, zusammen. Die Frauen und Kinder weinten, einige der Männer fluchten. Alle verstummten, als sie sahen, welcher Einheit wir angehörten.

Nachdem wir die Dorfbewohner zusammengetrieben hatten, stellte sich Osan vor die Menge und erhob die Stimme. „Ich will jetzt, dass der Dorfvorsteher vortritt und mich begleitet. Sollte es einen Dorfrat geben, soll er mich ebenfalls begleiten."

Vier Männer traten wortlos vor und folgten Osan in die Schenke. Drinnen angekommen drehte sich unser Blutlord um und verschränkte die Hände hinter dem Rücken. „Meine Herren, ich mache es kurz. Ich habe die Information, dass sich ein Spion der Zaubervölker in diesem Dorf aufhält. Ich erwarte seinen Namen und die Person. Dann reiten wir wieder weg, ohne jemandem etwas zuleide zu tun."

Die vier Männer wechselten Blicke. Sie machten nicht einmal den Versuch, die Anwesenheit eines Spions zu bestreiten.

Hunerik und ich waren mit Osan und den Männern alleine in der Schenke und da die Männer keine Anstalten machen zu reden, ergriff Osan wieder das Wort. „Wie ich sehe, seid ihr verstockt und wollt den Spion schützen." Er sah ihnen nacheinander in die Augen und nickte dann. „Hunerik, hol die Kinder der Herren herein."

„Ja, Herr." Der Optio eilte hinaus und bellte draußen ein paar Befehle.

„Herr", sagte ein Mann in den Fünfzigern, der Wortführer der Männer, „Ich bin der Dorfvorsteher. Wir sind eine kleine Gemeinschaft und möchten keinen Ärger mit der Armee. Bitte verschont unsere Kinder."

„Das werde ich, sobald ich weiß, wer der Spion ist. Da ihr nicht einmal meine Anschuldigung abgestritten habt, wisst ihr genau, von wem die Rede ist."

Hunerik kam mit den Kindern herein. Ein blonder Junge und zwei Mädchen wurden von dem Optio unsanft in den Raum geschoben. Die Mädchen sahen verängstigt aus, der

Junge war stolz und hielt den Kopf hoch. Er mochte vierzehn oder fünfzehn sein und der erste Flaum wuchs auf seinem Kinn.

„Herr, ich bitte dich...", setzte der Dorfvorsteher abermals an.

„Halt den Mund", donnerte Osan und auch ich zuckte leicht zusammen. „Zu wem gehört der Junge?"

„Er ist mein Sohn und Lehrling." Ein großer Mann mit breiten Schultern und einem gewaltigen Brustkasten trat hervor.

„Du bist der Schmied, nehme ich an?"

Der Mann nickte und schaute besorgt zu seinem Jungen.

„Komm her", winkte Osan den Jungen heran.

Folgsam ging er auf Osan zu und hielt sogar dem Blick des Centurios stand. „Hast du Freude daran, bei deinem Vater als Schmied zu arbeiten und sein Handwerk zu erlernen?"

„Schon, ja."

„Verstehe", sagte der Centurio. Blitzschnell griff er nach der Hand des Jungen und legte sie auf den nächstgelegenen Tisch.

Erschrocken schrien die Männer und der Junge auf.

„Hunerik, schneid ihm den kleinen Finger ab."

Ohne Gefühlsregung holte der Optio seinen Dolch hervor und durchschnitt knackend Knochen und Haut des Jungen. Dieser schrie auf und hielt sich die Hand, die Osan jetzt freigab.

Der Schmied wollte vorstürmen, wurde aber von mir durch einen Kinnhaken aufgehalten. Schwer ging der Mann zu Boden.

„Zum letzten Mal. Wer ist der Spion? Wenn ich jetzt keine Antwort erhalten, werde ich dem Jungen die Eier abschneiden und eure Frauen meinen Männern überlassen."

Da keiner sofort reagierte, wandte sich Osan an Hunerik. „Zieh dem Jungen die Hosen herunter."

„Genug!" Der Dorfvorsteher brüllte es hinaus. „Ich rede, aber lasst uns in Ruhe."

Als wir fortritten, hing der enthauptete Spion kopfüber an einem Baum im Dorf und blutete aus. Einige der Dorfbewohner warfen uns Flüche hinterher, die meisten verkrochen sich und wollten den Abend vergessen.

Gadah

„Du hast dir viele Feinde gemacht." Atriba ritt neben ihm her und sah nachdenklich aus.

„Es war Krieg und wir waren nicht zimperlich." Gadah schaute in die Ferne und erblickte die Kaiserstadt und die Delegation, die ihnen entgegen ritt.

„Villiuc, die Legion schlägt ihr Lager hier vor der Stadt auf. Niemand der Legionäre hat Zutritt zur Stadt, bis wir nicht ausdrücklich eingeladen werden. Wir kommen nicht als Feinde und das soll jeder von Anfang an sehen. Verstanden?"

„Ja, Herr."

Gadah wendete sein Pferd und ritt mit Atriba der Delegation entgegen, die sich ihnen näherte.

„Seid gegrüßt", rief ihnen ein Mann entgegen, der außergewöhnlich schlank war.

Gadah und Atriba zügelten ihre Pferde und grüßten zurück.

„Buliius, ich grüße dich. Wir haben uns lange nicht gesehen." Atriba lächelte und deutete auf die Soldaten, die den Ratssekretär begleiteten. „Früher warst du nicht so ängstlich."

„Ehrwürdige Botschafterin, ich freue mich, dich unversehrt zu sehen. Es ist lange her, dass du in der Kaiserstadt warst. Es hat sich vieles verändert."

„Zu lange ist es her", murmelte Atriba und stellte Gadah vor. „Er ist der Blutlord der schwarzen Legion. Seine Soldaten lagern außerhalb der Stadt, bis sie die Erlaubnis bekommen Quartier zu beziehen."

„Deine Taten eilen dir voraus", wandte sich Buliius an Gadah. „Du bist ein großer Held des Volkes."

„Ich habe nur meine Pflicht getan", knurrte Gadah.

„Wir reiten voraus und schicken einen Boten zu deinen Männern, sobald der Rat die Erlaubnis erteilt, dass sie die Kaiserstadt betreten dürfen."

„Vielen Dank." Gadah neigte den Kopf leicht.

„Für dich gilt auch, dass du nicht bewaffnet in die Stadt hineinreiten darfst. Bitte leg deine Waffen ab."

Gadah wechselte einen kurzen Seitenblick mit Atriba und kam dann der Anweisung nach. Sein Schwert übergab er einem Soldaten, der es ihm abnahm.

„Dann begleitet mich in die Stadt. Ich heiße euch herzlich willkommen." Der Ratssekretär machte eine einladende Handbewegung und die die Soldaten bildeten eine Gasse, durch die der Blutlord und Atriba reiten konnten.

Luzil

Faharin streckte den Arm aus und zeigte auf ein Plateau, wo er beabsichtigte zu landen. „Die Landung ist immer das kniffligste. Wenn man zu schnell ist, kann man sich ein paar Knochenbrüche zuziehen, wenn man zu langsam ist, verfehlt man das Ziel. Auch das sollte man vermeiden, vor allem in den Bergen hier.

Luzil hielt sich an der Reling des Korbes fest. Allmählich hatte er sich an die Reiseart gewöhnt und sie teilweise sogar genossen. Die Aussicht war atemberaubend gewesen und mit der Zeit vergaß er sogar die Höhe, in der sie sich befanden.

„Festhalten jetzt. Es geht abwärts." Faharin löschte das Feuer unter dem Ballon und zog an einem Seil, was dafür sorgte, dass die heiße Luft aus dem Ballon schneller entweichen konnte.

Isela und Gundra hockten auf dem Boden und Luzil tat es ihnen nach. Nur noch Faharin behielt den Sinkflug ihres Gefährts im Auge. Kurz vor dem Aufsetzen warnte er sie. „Gleich sind wir unten", rief er und warf sich ebenfalls auf den Korbboden. Kurz darauf schlugen sie auf dem Boden auf und wurden gehörig durcheinandergewirbelt. Gundra landete auf Luzils Schoß, Isela musste sich an Faharin festhalten, um nicht aus dem Korb zu rutschen, der noch einige Längen auf dem Boden zurücklegte, ehe er zum Stillstand kam.

„Wir sind da", ächzte der Elf und stand mühsam auf.

„Kaum zu glauben, dass wir das überlebt haben." Luzil half Gundra und seiner Frau auf die Beine. Es kam ihm vor, als ob die Welt unter seinen Füßen schwankte.

„Das geht vorbei", beruhigte Faharin seine Passagiere, die alle Mühe hatten, das Gleichgewicht zu bewahren. „Wir warten hier, bis wir abgeholt werden."

„Wie lange wird das dauern?" Gundra rieb sich den Nacken und starrte in die Ferne, um den Schwindel niederzukämpfen.

„Wir haben jetzt Mittagszeit. Ich denke, bis zum Abend werden unsere Vettern bei uns sein."

Luzil genoss die Freiheit, wieder zwei Schritte am Stück gehen zu können, und wollte sich die Gegend um das Plateau etwas anschauen.

„Geh nicht so weit von hier weg", warnte Faharin ihn.

„Wieso?" Luzil drehte sich um Elfen um.

„Das Plateau besitzt eine magische Barriere, da es in der Gegend ein paar Wesen gibt, die uns nicht wohlgesonnen sind", erklärte Faharin.

Die Frauen sahen ihn gleichzeitig an.

„Solange wir uns hier oben aufhalten, wird uns nichts geschehen. Unsere Vettern werden uns sicher zu sich geleiten." Der Elf setzte sich hin, lehnte sich an einen Felsen und holte einen Beutel hervor, in dem sich kleine Holzstücke befanden. „Ich denke, wir sollten uns die Zeit ein wenig mit Gahari vertreiben."

Isela sah direkt interessiert aus. „Ein Spiel?"

„Ja, setzt euch hin und ich erkläre es euch."

Kurz vor Sonnenuntergang stand Faharin wieder auf und legte eine Hand über die Augen, um nicht von der untergehenden Sonne geblendet zu werden. „Sie kommen", verkündete er.

Die anderen standen ebenfalls auf und schauten in die Landschaft. „Wo denn?", fragte Gundra und legte beide Hände um die Augen.

„Du schaust in die falsche Richtung. Du musst nach oben schauen." Der Elf bückte sich und sammelte sein Spiel ein.

„Bei Gelegenheit will ich aber eine Revanche haben", sagte Isela.

„Sehr gerne. Ihr habt schnell gelernt für Menschen."

„Jetzt sehe ich sie", rief Gundra und zeigte mit ausgestrecktem Arm auf die heranfliegenden Gestalten.

„Bei den Göttern, was sind das für Wesen?" Luzil hatte große Augen und starrte auf die heranfliegenden Flugtiere.

„Fluglöwen", sagte Faharin und winkte den Ankömmlingen zu, die mit beträchtlicher Geschwindigkeit auf den Boden hinabstießen. Auf jedem Löwen saß ein Reiter, der Zügel in der Hand hielt.

Als die Tiere landeten, wichen die Dharaner zurück.

„Ihr müsst keine Angst haben", beruhigte Faharin seine Begleiter und ging auf die Elfen zu, die von ihren Flugtieren stiegen.

Luzil näherte sich vorsichtig der Gruppe und beäugte die Tiere achtsam. Die Fluglöwen hatte eine Löwengestalt und besaßen die Flügel eines Adlers. Jeder Flügel war größer als ein Mann. Der Schwanz ähnelte dem einer Schlange und war am Ende mit scharfen Stacheln versehen.

„Sie sind wehrhaft, aber nur, wenn sie angegriffen werden." Ein Elf zog seinen Helm und legte die rechte Hand aufs Herz. „Mein Name ist Jarahin, ich bin der Hauptmann der Fluggarde. Ich heiße euch im Namen meines Königs willkommen in unserem Land."

Luzil verneigte sich leicht. „Ich danke dir. Ich bin Kriegskonsul Luzil aus dem Land Dharan. Botschafter im Dienste König Norderstedts. Meine Frau und ich sind euch dankbar für eure Gastfreundschaft."

„Es ist uns eine Ehre. Bruder Faharin hat uns euer Kommen bereits per Bote angekündigt. Wir werden euch in unsere Festung bringen. Dort seid ihr sicher vor den Dunkelelfen."

„Wie wollt ihr uns denn dorthin bringen?", fragte Luzil und warf einen besorgten Blick auf die geflügelten Löwen, die sich allesamt hingesetzt hatten und auf ihre Reiter warteten.

Jarahin zog eine Augenbraue hoch. Reitet ihr in eurem Land immer noch auf diesen... Pferden?

Der Kriegskonsul nickte. „Ja, entweder das oder wir Marschieren."

„Ihr Menschen wart immer schon zurückgeblieben. Wir zeigen euch jetzt, wie wir Elfen reisen."

Gadah

„Wo bringst du uns hin, Ratssekretär?" Atriba und Gadah folgten Buliius durch die Geheimgänge des Palastes. Nachdem er sie vor der Stadt abgeholt hatte, waren sie mit ihm und der Eskorte in die Kaiserstadt geritten und hatten erst an einem

Nebeneingang des Palastes angehalten. Dort waren sie nur mit dem Ratssekretär hineingegangen.

„Wartet ab, ich soll euch direkt zum obersten Ratsherren bringen."

Gadah ging hinter Atriba und Buliius her und musste ein paarmal den Kopf einziehen, da der Gang stellenweise niedrig war.

„Wir sind da." Buliius bog ab und drückte eine verdeckte Türe auf.

Sie folgten ihm und kamen in einen beheizten Raum, der Behaglichkeit vermittelte.

Gadahs Augen mussten sich noch an die Helligkeit gewöhnen, sonst hätte er den Schlag kommen sehen. Etwas traf ihn im Nacken und er stolperte nach vorn.

„Packt ihn, er ist gefährlich", schrie eine Stimme und Gadah hörte Atribas helles Kreischen.

Bevor er sich wieder erholen konnte, traf ihn ein zweiter Schlag ins Gesicht und er ging zu Boden. Dann stürzten sich vier Mann auf ihn und es wurde dunkel um ihn herum.

Als er wieder zur Besinnung kam, waren seine Hände hinter dem Rücken gefesselt und sein Kinn angeschwollen. Seine Rippen schmerzten ebenfalls. Anscheinend hatte man ihm getreten, während er am Boden gelegen hatte.

„Er kommt zu sich", hörte er eine Stimme neben sich sagen.

Sein Blick klärte sich und er sah sich im Raum um. „Was ist hier los?", herrschte er die Anwesenden an.

„Spuck keine großen Töne. Sei lieber froh, dass wir dich nicht direkt exekutiert haben."

Gadah drehte sich auf den Rücken und sah, dass Atriba neben ihm auf dem Boden hockte, ihre Hände und Füße waren ebenfalls gefesselt. Um ihren Hals lag ein Metallringring, der sich eng an die Haut schmiegte. Unte ihrem linken Auge begann sich eine Schwellung auszubreiten.

Die Türe zum Raum ging auf und die Männer strafften ihre Haltung. „Herr, der Blutlord."

Gadahs Blick fiel auf den hereinkommenden Mann. Etwas kam ihm bekannt vor. Mit Hass in den Augen erwiderte der Mann seinen Blick. „Erkennst du mich?"

Dann lief eine kalte Schauer über seinen Rücken. Der Mann vor ihm war älter und etwas schmaler, aber unverkennbar war er es. Dabei hatte Gadah geglaubt, er sei längst nicht mehr am Leben. „Zadara", flüsterte Gadah nur.

„Du erinnerst dich." Der Magier verschränkte seine Hände auf dem Rücken. „Ich hoffe, du erinnerst dich ebenfalls daran, dass ihr meine Frau damals umgebracht habt."

Gadah schwieg. Was hätte er auch sagen sollen.

„Zadara, all das ist lange her und Gadah ist mittlerweile geläutert. Er war damals ein anderer und bereut seine Taten", mischte sich Atriba ein, die wieder bei Besinnung zu sein schien.

„Botschafterin. Du warst lange weg, deswegen kannst du nicht wissen, wie die Dinge in der Kaiserstadt stehen. Aber glaube mir, du bist nicht allwissend und du bist nicht mehr die beste Freundin der Herrscherin. Bis ein neues Oberhaupt gewählt ist, herrsche ich als Ratsältester über das Land. Und solange ich herrsche, ist dieser Mann ein Verräter und du ebenfalls."

Atriba schnappte nach Luft. „Das kannst du nicht ernst meinen."

„Botschafterin, sehe ich aus, als ob ich Witze machen würde?" Zadara ging zu ihr und überprüfte den Sitz des Ringes, der um ihren Hals lag. „Damit bist du deiner magischen Kräfte beraubt. Es ist aus dem gleichen Material, wie diese Amulette der Zauberjäger. Wie du siehst, waren auch wir nicht untätig. Das Eingreifen der Kaiserin damals haben nicht alle von uns begrüßt. Ich gehörte dazu. Wenn es nach mir gegangen wäre, hätten die Süddharaner allesamt verrecken können."

Traurig schüttelte Atriba den Kopf. „Du hast nichts von der Kaiserin gelernt. Sie wollte die Völker versöhnen und uns nicht weiter entzweien. Und auch Gadah hat dafür gekämpft."

Zadara lachte leise in sich hinein. „Du hattest immer nur Augen für deine Bücher, liebe Atriba. Die Kaiserin hatte sich vom Adelsrat entfernt und gegen den Adel regiert. Ihr war das Wohlergehen des Volkes lieber als die Treue der Adeligen. Das hat ihr letztendlich das Genick gebrochen."

„Willst du damit sagen...", setzte Atriba an.

„Der Adelsrat hat sich dazu entschieden, sich gegen die Kaiserin zu stellen. Und ich hatte die Ehre, an ihrem Ableben mitzuwirken."

Atribas Gesicht zeigte Ungläubigkeit.

„Es sind neue Freunde in unser Land gekommen. Freunde, von denen wir profitieren können und die uns an ihrer Macht teilhaben lassen."

„Du warst der Verräter", flüsterte die Botschafterin.

„Nenn es Verrat. Wir nennen es eine gute Tat. Auf jeden Fall bist du Teil einer alten Zeitrechnung und passt nicht mehr in unsere Pläne." Zadara schnippte mit den Fingern und stand wieder auf. „Werft sie ins Labyrinth, sollen sich die Bestien um sie kümmern."

Gadah wurde gepackt und aus dem Raum geschleift. Hinter ihm standen zwei weitere Männer mit der Botschafterin.

„Hinein mit ihnen", befahl einer der Männer und ein anderer öffnete eine Klappe.

Unsanft wurde Gadah hineingestoßen und rutschte abwärts. Hinter ihm schrie Atriba kurz auf und rutschte ebenfalls eine steile Rampe hinab. Hart landeten sie am Ende der Rampe. Gefesselt und alleine.

„Warum hat der Bastard uns nicht umgebracht?" Gadah atmete tief durch und kämpfte seinen Hass nieder.

„Das braucht er nicht", erwiderte Atriba. „Wir sind so gut wie tot."

Luzil

Jarahin ließ ihn von dem Fluglöwen herabrutschen und Luzil schwor sich, dass er niemals wieder solch ein Tier zum Reisen nutzen würde. Der Elf hatte mit dem Löwen einige Flugmanöver durchgeführt und Luzil glaubte, dass er das nur getan hatte, weil er ihn ärgern wollte. Tatsächlich beeindruckte ihn die Wendigkeit und die Schnelligkeit des Tieres in der Luft. Nach einem rasanten Sturzflug fing Jarahin den Fluglöwen ab und vollführte mit ihm einige Kurven in der Luft, welche das Tier mit seinen majestätischen Flügeln mühelos vollbringen konnte.

Schließlich landeten sie auf einer Plattform, die zu einer Festung gehörte, welche sich an einen Felsen schmiegte.

„Hat dir der Flug gefallen?", wollte Jarahin wissen und konnte sich nur mühsam ein Grinsen verkneifen.

„Hervorragend", knurrte Luzil und beobachtete, wie die Fluglöwen mit Gundra, Isela und Faharin landeten. Den Frauen und dem Elf schien den Flug besser gefallen zu haben als ihm. Alle drei lächelten, bedankten sich bei dem Reiter für den wundervollen Ausblick und steuerten auf Luzil zu.

Isela sah nur seinen Gesichtsausdruck und nickte ihm zu. Es war ihre Art, ihn zu fragen, ob es ihm gut ging, ohne es die anderen wissen zu lassen. Er nickte zurück und zwinkerte ihr mit dem linken Auge zu. Dann wandte er sich an Jarahin. „Wo sind wir?"

„Ihr seid in der Festung der Elfeninquisitoren." Der Elf blickte auf sie herab. Die meisten Elfen waren einen bis anderthalb Köpfe größer als Luzil. Ihre Rasse war generell hochgewachsen, dafür aber schmaler gebaut als die Menschen. „Wir bringen euch zum Kommandanten der Festung, er wird euch alles erzählen. Ich sollte euch nur mit meinen Leuten abholen und herbringen."

Luzil bemerkte erst jetzt, dass die Elfen sie anschauten. Einige der Krieger waren Frauen. Das hatte er noch nicht bemerkt.

„Ihr müsste verzeihen, wenn sie euch anstarren. Die meisten von ihnen kennen Menschen nur aus Erzählungen."

„Es gibt nichts zu verzeihen", mischte sich Isela ein und ergriff die Hand ihres Mannes. „Wir kennen euch ebenfalls nur aus Märchen und Erzählungen. Wir sind genauso fasziniert von euch, wie ihr von uns."

Jarahin lächelte und verbeugte sich vor ihnen. „Wahre Worte. Ich begrüße euch hiermit offiziell in der Festung der Inquisition und biete euch meine Freundschaft. Wenn mein Bruder euch hierher bringt, habt ihr sie verdient."

„Faharin ist dein Bruder?", platzte Gundra heraus.

„Ja", antwortete der Waldläufer. „Wir werden uns viel zu erzählen haben, da wir uns ewig nicht gesehen haben."

Nach der Überraschung führte Jarahin sie ins Innere der Festung und zum Kommandanten, der sie in einer weitläufigen Halle erwartete. Sein Haar zeigte erste graue Strähnen an den Schläfen und eines seiner spitzen Ohren war vernarbt. Er stellte sich als Odihin vor und verneigte sich knapp vor seinen Gästen. Sein Blick fiel auf Luzil, der Haltung angenommen hatte und salutierte.

„Ich sehe, dass du nicht bloß ein Botschafter deines Volkes bist, sondern auch Soldat", eröffnete der Kommandant das Gespräch.

„Du besitzt ein scharfes Auge, Kommandant Odihin. Ich war der Kriegskonsul des Landes Dharan, bis der König meine Frau und mich zu Botschaftern auserkoren hat. Schwester Gundra ist rein zufällig in dieses Land gelangt und begleitet uns."

Der Elf ging zu einer großen Landkarte und schaute darauf. „Dharan, sagst du? Zeig mir bitte, wo dieses Land liegt."

„Wir sind sogar ein ganzer Kontinent", sagte Luzil und trat neben den Elfen, dem er bis zur Schulter reichte, und schaute ebenfalls auf die Karte. Dort war kein ihm bekanntes Gelände zu sehen. „Seltsam", bemerkte er nachdenklich. „Ich kenne keines der Länder, die hier aufgezeichnet sind."

„Da hätte mich auch gewundert", beruhigte der Kommandant ihn.

Jarahin meldete sich aus dem Hintergrund. „Unsere Welt kann dir nicht bekannt sein, da unsere Welten getrennt voneinander existieren."

„Faharin erzählte uns davon. Was ist dies für eine Magie, die so etwas bewirken kann?" Gundra gesellte sich zu Luzil und dem Kommandanten und warf einen Blick auf die Landkarte an der Wand.

„Es ist DIE Magie. Die Bündelung der Elemente, Feuer, Wasser, Luft und Erde. In euerer Welt beherrschen die Menschenmagier ein Element. Unsere Magier hier beherrschen alle Elemente."

„Das heißt, dass nicht alle Elfen magisch begabt sind?" Gundra verschränkte die Arme vor der Brust und sah zu dem Elfen auf.

„Das schon. Die Dunkelelfen sind, soweit ich weiß, alle der Magie mächtig. Wir Hochlandelfen sind ebenfalls der Magie mächtig, aber in verschiedenen Ausprägungen. Manche schaffen es gerade einmal, sich in der Kälte warm zu halten, andere erreichen eine Stufe als Magier. Meine Leute und ich sind keine Magier. Im besten Falle schaffe ich es eine Kerze anzuzünden, und damit bin ich schon der begabteste Elf hier."

Glockengeläut setzte ein und Jarahin verstummte.

„Was ist?" Luzil sah sich um und versuchte, den Grund für das Läuten herauszufinden.

„Der Alarm. Ich muss zu meinen Soldaten. Ihr könnt euch hier aufhalten und alles durch die Fenster beobachten." Er deutete auf die hohen schmalen Fenster, die den Blick auf den weiten Himmel freigaben, dann lief er hinaus und schnappte sich seinen Helm, der auf seinem Tisch gestanden hatte.

„Was ist denn los?" Isela ging zu den Fenstern und schaute heraus. „Kommt her, das glaubt ihr sonst nicht."

Gundra und Luzil stürzten ebenfalls zu den Fenstern und spähten hinaus.

Vor ihren Augen näherten sich in luftiger Höhe Flugwesen mit grünen und braunen Schuppen. Breite Flügel trugen sie schnell der Festung entgegen. Aus entgegengesetzter Richtung stiegen die Elfen mit ihren Fluglöwen auf. Der Kommandant trug einen goldenen Helm und gemeinsam mit seinen Kriegern hielt er auf die Flugwesen zu.

„Drachen", flüsterte Gundra.

„Was sagst du?", hakte Luzil nach, der gespannt aus dem Fenster schauten.

„Das sind Drachen. Das, was man uns als Kindergeschichten erzählt. Hier existieren sie tatsächlich."

„Unmöglich." Luzil trat näher ans Fenster und kniff die Augen zusammen.

„Und doch ist es so", beharrte Gundra.

Die Elfeneinheit fächerte ihre Formation auf und begegnete den Drachen mit einer breiten Front. In ihren Händen hielten die Elfenreiter lange Speere, die sie auf die heransausenden Drachen richteten.

Als die Feinde in ihre Nähe kamen, begannen einige Drachen Feuer zu speien, um die Elfen mit ihren Fluglöwen vom Himmel zu holen. Aber die Reiter wichen geschickt den Flammen aus und stachen ihrerseits mit ihren Lanzen nach den Drachen. Zwei der Tiere stürzten ab, woraufhin die anderen abdrehten und Reißaus nahmen.

Die Elfen drehten noch einige Runden in der Luft und kehrten dann zur Festung um.

„Wenn wir nach Hause kommen, wird uns das niemand glauben." Isela sah ihren Mann an. Ihre Augen sprachen die Frage nicht aus, aber ihr Blick tat es.

„Wir werden zurück nach Hause kommen, das verspreche ich", sagte Luzil und legte den Arm um sie.

Krok

Zara saß auf Kroks Schoß und genoss die Zweisamkeit mit ihrem Vater. Züleyha lief unruhig in den Gemächern hin und her.

„Was ist los, meine Liebe?", wollte Krok wissen.

„Irgendetwas stimmt nicht."

„Wie kommst du darauf?"

„Mein Instinkt warnt mich. Wir sind hier in Gefahr." Sie blickte Zara liebevoll an und streichelte ihr über den Kopf.

Es klopfte.

„Wer ist da?", rief Krok.

„Ein Bote des Adelsrates", klang es dumpf durch die Türe. „Der erste Magier möchte euch sprechen. Bitte folgt mir. Ich warte, bis ihr bereit seid."

„Was soll das?", flüsterte Züleyha ihrem Mann zu.

Zara schaute ihre Mutter ängstlich an.

„Keine Angst, Schätzchen", beruhigte Krok ihre Tochter. „Wir gehen nur kurz mit dem Magier sprechen und sind gleich wieder bei dir. Bleibst du so lange brav hier im Zimmer?"

„Ja, Vati", antwortete das Kind und senkte traurig den Kopf.

Krok streichelte ihr sanft über den Kopf und wandte sich der Türe zu. „Dann sehen wir mal, was der Kerl will."

Zadara empfing sie im Thronsaal der Kaiserin und Krok musste zugeben, dass er beeindruckt war. Norderstedts Hof war prächtig gewesen, aber hier schien alles aus Gold und Edelsteinen zu bestehen. Der kaiserliche Thron war aus purem Gold, die Sitzfläche bestand aus einem purpurfarbenen Kissen. Der Boden des Saals bestand nicht aus poliertem Stein, sondern aus Marmor mit goldenen und silbernen Intarsien.

Sie standen alleine vor Zadara, nur eine Wache verrichtete auf der Balustrade ihren Dienst. Der Zauberer hatte sich nicht auf dem Thron niedergelassen, sondern stand davor.

„Herr, du hast nach uns geschickt." Züleyha senkte kurz ihr Haupt.

Krok blieb regungslos neben ihr stehen.

„In der Tat." Zadara wirkte einen Moment in seinen Gedanken versunken, richtete dann aber seinen Blick wieder auf sie. „Züleyha, in dir fließt königliches Blut. Bist du mit diesem Mann verheiratet, wie es die Priester fordern?"

„Er ist mein Mann, so wie ich seine Frau bin" gab Züleyha knapp zurück. „Wieso ist das für dich von Interesse?"

„Weil ich dir anbiete, dass du dich mit deiner Familie dem kaiserlichen Hof anschließen kannst. König Norderstedt ist nicht mehr am Leben und dein Mann ist den Berichten zufolge ein guter Krieger."

„Wer würde unser Herr werden?", unterbrach Krok die Lobhudelei des Mannes.

„Das steht noch nicht fest. Derzeit stehe ich dem Adelsrat vor. Bis ein neuer Kaiser oder eine Kaiserin den Thron besteigt, bin ich es."

„Und wie stellst du dir unser Leben am Hofe vor?"

„Ihr könntet meine Leibwächter sein. Euer Auskommen wäre gesichert und eure Tochter würde die beste Ausbildung erhalten, die es gibt."

„Das habe ich doch schonmal gehört", knurrte Krok.

„Wir haben bereits einen Herren. Aber ich danke dir für dein Angebot." Züleyha neigte leicht den Kopf und wandte sich zum Gehen.

„Halt", befahl Zadara. „Glaubt ihr, ihr könnt mir eine Abfuhr geben und einfach wieder in euer Zimmer gehen?"

„Wer sollte uns daran hindern?" Krok wandte sich um und schaute dem Zauberer in die Augen. Dieser schreckte kurz zurück.

„Ihr verlasst auf der Stelle diese Stadt und lasst euch nie wieder hier sehen. Wenn unsere neuen Herren die Macht übernommen haben, werden hier gesunde Verhältnisse herrschen und es ist kein Platz für Menschen wie euch." Er erhob seine Stimme. „Wache!"

Sofort kam ein halbes Dutzend Soldaten hereingestürmt und umstellten Krok und Züleyha mit gezückten Schwertern.

„Bringt sie in ihre Gemächer, dort sollen sie ihre Sachen und ihr Balg packen. Dann geleitet ihr sie aus der Stadt hinaus. Zadara wandte sich an Züleyha. Dein Glück ist, dass in dir adeliges Blut fließt. Nimm deinen einarmigen Krüppel und geh mir aus den Augen." Mit diesen Worten rauschte Zadara davon und ließ sie mit den Wachen alleine.

„Ihr habt den ersten Magier gehört. Wir geleiten euch hinaus und ihr macht keinen Ärger", sagte einer der Soldaten im rauen Tonfall.

Ohne ein weiteres Wort zu verlieren gingen Krok und Züleyha aus dem Thronsaal, begleitet von missmutig dreinblickenden Wachen.

Rochard

Es herrschte ein heiterer Trubel im Festsaal der Ordensburg. Wir vertilgten massenhaft Wein, Fleisch und die köstlichsten Spezialitäten. Gebratene Tauben, Bärenfleisch, Wild, Obst und Pudding. Jeder kam auf seine Kosten. Tradija, unser Haushofmeister, hatte für uns alles besorgt, was wir begehrten.

Frauen, die nach dem Fest unsere Betten teilen würden, tanzten für uns. Selbst für die Männer, die Knaben oder Männer bevorzugten war gesorgt worden.

Die Tafel war reichlich gedeckt und an ihrem Kopfende saß Osan. Wir nannten ihn mittlerweile den Blutlord. Ich saß neben ihm und war sein Stellvertreter geworden. Hunerik, dem diese Ehre eher zugestanden hätte, hatte es abgelehnt, da er sich lieber um die Ausbildung der Männer kümmern wollte. An diesem Abend haben wir gesoffen wie die Schweine und wir glaubten, unbesiegbar zu sein.

Zauberjäger. Für die Bevölkerung war dieser Name etwas, was man mit Angst aussprach. Wir selbst nannten uns lieber 'Die schwarze Legion'. Fast alle Männer waren Soldaten in der regulären Legion gewesen, ehe sie sich freiwillig für diese Einheit gemeldet hatten. Nur noch wenige Legionäre wurden aus den Kerkern rekrutiert. In der regulären Legion lernten die Legionäre, wie Soldaten zu kämpfen. Bei uns lernten sie das Abschlachten. Da wir gewisse Freiheiten genossen, konnte jeder von uns die Waffe seiner Wahl benutzen.

Hunerik kämpfte gerne mit seinem Kampfstab. Während einige Kameraden lieber das Schwert benutzten, verwendeten andere Legionäre lieber eine Keule oder Messer. Meine Waffe war das Schwert. Ich verstand mich vorzüglich in seinem Gebrauch und hatte auch gelernt, es nicht nur bei Schaukämpfen einzusetzen. Ich hatte gelernt zu töten. Und es hatte mir gefallen. Wenn ich heute darüber nachdenke, ekelt es mich an. Wir alle waren vollkommen vernarrt in die Vorstellung gute Taten mit den Morden und den Säuberungsaktionen zu vollbringen. Dass wir dabei immer brutaler und rücksichtsloser vorgingen, bemerkten wir selbst nicht. Nur Osan und ich sprachen ab und an darüber.

An diesem Abend spielte in unserer Ordensburg, wie wir die kleine Festung nannten, eine Musikertruppe, die Tradija organisiert hatte.

Osan verstand es, die Kameraden zu motivieren. Er hielt an feierlichen Abenden, wie diesem, eine Ansprache. Als er aufstand, musste ich ihn leicht stützen, da er schon vollkommen besoffen war. Langsam richteten die betrunkenen Männer ihre Aufmerksamkeit auf ihn und Ruhe kehrte ein.

„Kameraden!", rief er, „Wir fressen und saufen heute, weil uns eine neue ehrenvolle Mission aufgetragen wurde. Der König hat mir mitgeteilt, dass seine Spione eine Gruppe mächtiger Zauberer im Lande ausfindig gemacht haben, die einen Anschlag auf wichtige Persönlichkeiten des Reiches planen. Unsere Mission ist es, diese Bastarde zur Strecke zu bringen." Er pustete tief durch und nahm einen langen Schluck aus seinem Weinglas. „Morgen werden wir aufbrechen und sie zur Hölle schicken!"

Wir zeigten unsere Begeisterung, indem wir mit den Fäusten auf die Tische schlugen.

Osan hob abermals sein Glas und prostete uns zu. „Ich bin verdammt stolz auf euch. Wir haben es geschafft, die Schneide des Schwertes zu sein, das unser König in den Händen hält, um die Feinde des Reiches zu vernichten."

Wieder schlugen wir vor Begeisterung ihre Fäuste auf die Tische.

Nachdem Osan sich wieder gesetzt hatte, griff er nach einem Stück Braten, welches vor Fett triefte, und vertilgte es.

Nachdem ich genug gesoffen hatte, schnappte ich mir eine der Mägde und zog mich mit ihr zurück. Ich brauchte etwas Entspannung.

Während der Morgen graute, fanden sich alle Männer nach und nach im Innenhof der Ordensburg ein und bereiteten sich zum Aufbruch vor. Pferde wurden gesattelt, Sattelgurte geprüft und Feldflaschen aufgefüllt. Osan war der Erste, der draußen stand und fertig gerüstet auf die Männer wartete.

Ich war noch betrunken, aber das machte nichts. Osan war bereits wieder nüchtern und in der Lage Witze zu machen.

„Na, hat sie dich ordentlich rangenommen, Schwertbruder?" Seine Stimme war im Gegensatz zu gestern Abend wieder klar und fest. Ich machte mich frisch, während Osan näher kam und leise mit mir sprach.

„Wir werden nach zwei Tagesritten auf den Kundschafter stoßen, der die Zauberer aufgestöbert hat. Er wird uns dann zu dem Versteck führen, in dem sie sich versteckt halten und dann werden wir uns die Leute vornehmen."

„Ist der Kundschafter vertrauenswürdig?", fragte ich ihn.

„Bis jetzt hat er uns immer gute Informationen geliefert."

Wir brachen auf. Es sollte meine letzte Mission bei den Zauberjägern werden, aber das wusste ich noch nicht.

Zwei Tage später trafen wir auf den Kundschafter, der uns zu einem kleinen Wald führte, in dem ein paar roh gezimmerte Blockhäuser standen. Ein gutes Dutzend Menschen lebte hier.

Nachdem wir sie umzingelt hatten, löschten wir alle Zauberseelen aus und machten uns wieder auf den Rückweg. Niemand von uns war verletzt worden. Es war kein ruhmreiches Gefecht gewesen, aber wir hatten unseren Blutdurst gestillt.

Der Blutlord drehte sich dem Tross seiner Männer zu, die ihrem Anführer in Zweierreihen folgten. „Männer, was haltet ihr davon, wenn wir einen kleinen Abstecher machen, unseren Sieg feiern und in sauberen Betten schlafen?" Die Hochrufe der Männer waren ihm Antwort genug und er schlug eine andere Richtung ein. Nach einem dreistündigen Ritt erschien eine kleine befestigte Holzpalisade.

Es war keine große Stadt, aber es war eine Stadt mit allem Komfort, den wir nötig hatten.

Der Ärger ging los, als wir das Tor passiert hatten. Die Menschen beäugten uns feindselig und zeigten wenig Respekt. Das kannten wir nicht. Normalerweise hatten die Menschen Angst vor uns.

„Das gefällt mir nicht. Es riecht hier nach Ärger", sagte ich zu Osan, der meine Sorge teilte und nickte.

„Ja, mir auch nicht. Aber warten wir ab, ob man uns in Ruhe lässt, wenn wir im Gasthaus einen Sack Gold auf den Tisch legen."

Wir ritten weiter die Straße entlang, die für eine so kleine Ansiedlung eine außergewöhnlich gute Oberfläche hatte. Fugenlos fügten sich die Pflastersteine aneinander. Auch die Häuser waren außergewöhnlich gut gebaut.

Magie!

Osan und ich kamen gleichzeitig drauf.

„Weg hier! Das sind Zauberfreunde", sagte Osan halblaut.

„Anhalten und umdrehen", schrie ich den Männern zu. Aber zu spät.

Eine junge Frau trat nach vorne und warf ein Ei, was an meinem schwarzen Gewand zerplatzte. „Mörderbande!", schrie sie schrill.

Eine andere Frau, die sich auf einen Stock stützte, trat nach vorne und zeigte entsetzt auf Prifuls Pferd, an dessen Satteltaschen die Skalps der getöteten Zauberer hingen. „Sie haben sie gefunden und umgebracht, diese Mörder. Sie haben unsere Freunde getötet."

Jetzt erschallten viele unterschiedliche Stimmen.

„Mörderbande!"

„Schlächter!"

„Verfluchtes Pack!"

Immer mehr Menschen liefen zusammen und umzingelten uns.

Priful ritt aus der Formation und zog sein Schwert. „Verschissene Zauberfreunde", schrie er den Menschen entgegen. „Schämen solltet ihr euch. Macht gemeinsame Sache mit diesem Zaubererpack. Verrecken sollt ihr alle."

Osan brüllte. „Waffe weg und zurück in die Formation!" Aber zu spät. Ein junger Mann legte Hand an Prifuls Zügel, was das Pferd scheuen ließ. Auf der Stelle ließ unser Kamerad sein Schwert auf den Mann niedersausen und spaltete ihm den Schädel bis zum Hals.

„Verflucht…", murmelte ich und zog ebenfalls mein Schwert.

Wütende Bewohner umzingelten uns und zogen ihrerseits die Waffen der einfachen Menschen. Messer, Knüppel, Hämmer, Äxte. Ohne zu zögern, schlug Priful erneut zu und erschlug eine Frau, die seinem Pferd zu nahe kam. Die Gewalt, die jetzt ausbrach, war der Ausdruck puren Hasses -von beiden Seiten. Brüllend stürzten sich die Menschen auf uns und wir schlugen auf alles ein, was lebte.

Das Töten begann…

Als wir wieder fortritten, stand alles, was sich innerhalb der Palisaden befand, in Flammen. Wir hatten ein halbes Dutzend Brüder verloren, die quer und mit einer Decke bedeckt über ihren Sätteln hingen. Da keiner mehr Familienmitglieder hatte, würden sie einen Platz in der Begräbnisstätte der Ordensburg finden. Jeder der Männer war mit Blut verschmiert. Entweder dem Eigenen oder dem der Erschlagenen. Das Fleisch der Toten, was hinter uns brannte, verströmte einen Geruch, den ich bis heute nicht vergessen habe.

Nachdem unsere Brüder bestattet worden waren, nahm ich meinen Abschied von der Legion.

Ich ritt ein paar Tage ziellos umher und ging den Menschen aus dem Weg. Meine Träume waren schlecht. Vor meinem inneren Auge sah ich die Toten, die meinen Weg gepflastert hatten und die mich zu dem Menschen gemacht hatten, der ich jetzt war.

Wir hatten nicht nur Männer und Frauen umgebracht, sondern auch Kinder. Besonders ihre Gesichter erschienen mir in der Nacht.

Ich saß an meinem Lagerfeuer und schaute auf mein Schwert, was neben mir im Gras lag. Ich liebte und hasste es. Ohne es war ich nichts. Und mit ihm war ich ... ein Mörder.

Ein paar Tage später band ich mein Pferd vor Lilianas Hurenhaus an und begrüßte den Diener, der mir entgegenkam, um mich zu empfangen. „Meister Rochard, du warst lange nicht hier."

„Ich war sehr beschäftigt", antwortete ich knapp angebunden. „Wo ist die Herrin?"

„Sie ist in ihren Gemächern und schläft noch."

Es war kurz vor Mittag und ich kannte ihre Angewohnheit erst zum Mittagessen aufzustehen. Gewöhnlich frühstückte sie dann eine Kleinigkeit und ging dann mit einem Diener ihre Besorgungen erledigen.

„Ich gehe in den Gastraum und warte auf die Herrin. Bring mir einen Krug mit Wasser und etwas zu essen."

„Sehr gerne, Herr."

„Und sag der Herrin nicht, dass ich auf sie warte, ich möchte sie gerne überraschen."

„Sehr wohl."

Kurz darauf saß ich an einem Tisch und aß gebratene Eier. Zu dem Wasser hatte ich einen Krug Bier bekommen, den ich mir schmecken ließ.

„Hallo, stinkender Soldat", vernahm ich eine sanfte Stimme hinter mir.

Ich legte den Kopf in den Nacken und bekam einen Kuss. „Ich bin kein Soldat mehr."

Liliana runzelte die Stirn.

„Ich habe meinen Abschied genommen. Die Legion wird in Zukunft auch ohne mich auskommen müssen."

„Hunerik wird dich vermissen."

„Ich ihn auch."

„Wie steht es in dem Krieg denn? Werden die Realisten gewinnen?"

„Wir stehen kurz vor dem Sieg. Die Zaubervölker sind weit in den Norden zurückgedrängt worden. Die Zauberjäger werden nur noch einige Magier im eigenen Land jagen und zur Strecke bringen. Die großen Schlachten sind geschlagen. Ansonsten hätte Osan mich auch nicht gehen lassen.

Liliana schwieg und betrachtete mich mit ihren liebevollen Augen. „Was willst du jetzt machen?", fragte sie schließlich.

„Zunächst will ich mit dir ins Bett und dann würde ich gerne einige Zeit bleiben, wenn dir das recht ist."

Sie lächelte und stand auf. „Und ob mir das recht ist", flüsterte sie mir ins Ohr und nahm meine Hand. Gemeinsam gingen wir in ihr Zimmer und liebten uns so heftig wie nie zuvor.

Die nächsten Tage verbrachten wir fast nur im Bett. Lilianas Mädchen kamen gut alleine zurecht und das Freudenhaus war so gut organisiert, dass sie sich um nichts kümmern brauchte. Sie erzählte mir, dass die Spinnenbande ihre Leute ab und an zu ihr schickten, um ihren Anteil zu kassieren, aber sie nicht weiter behelligten.

Lilianas Mädchen sahen in mir so etwas wie ihren großen Bruder und begegneten mir freundlich. Niemals zuvor hatte sich Liliana einen Mann genommen. Ich hielt mich im Hintergrund und ging abends nur selten in den Gastraum. Zumeist unternahm ich einen Spaziergang durch die Stadt oder spielte in einem der Hinterzimmer mit anderen Gästen Karten. In den Nächten liebten Liliana und ich uns und genossen die Zeit.

Nach einer langen Nacht, ich lag mir ihr verschwitzt in den Laken, rollte sich Liliana auf die Seite und eröffnete mir, dass sie schwanger sei.

Für einen Moment war ich sprachlos gewesen, dann überwog die Freude. „Ich liebe dich", sagte ich zu Liliana. Es war das erste Mal, dass ich ihr dies sagte.

„Und ich liebe dich", flüsterte sie, mit Tränen in den Augen.

Für einige Wochen war meine Welt in Ordnung. Lilianas Leib wurde runder und jetzt sah man sie gar nicht mehr im Gastraum. Sie wollte sich schonen, da sie unter morgendlicher Übelkeit litt und sich oft übergeben musste.

Sie starb an einem sonnigen Tag. Ich war in der Stadt unterwegs gewesen und hatte einen Ring für Liliana besorgt. Ich wollte sie heiraten und beabsichtigte, ihr einen Antrag zu machen.

Schon bei meiner Rückkehr merkte ich, dass etwas nicht stimmte. Drei Mädchen, deren Name ich vergessen habe, standen an der Türe und empfingen mich mit ernsten Blicken.

„Rochard, es ist etwas passiert", sagte eine von ihnen.

Sie hatte eine Fehlgeburt erlitten und war verblutet. Innerhalb von einer halben Stunde war alles Leben aus ihr herausgeflossen. Als der Totengräber sie abholte, saß ich alleine im Hinterzimmer und leerte einen Krug mit Schnaps. Ich wollte sie nicht mehr sehen. Ich wollte sie so in Erinnerung behalten, wie ich sie kannte.

Erst bei ihrer Beerdigung war ich wieder nüchtern. Hunerik stand mit ausdruckslosem Gesicht neben mir und verfolgte, wie der Sarg seiner Schwester ins Grab gelassen wurde. Danach kehrten wir in ihr Freudenhaus ein und betranken uns. Bevor ich am nächsten Morgen nüchtern war, war Hunerik bereits wieder weg. Er wollte keinen tränenseligen Abschied. Wir waren Freunde und würden es bleiben.

Atriba

„Und dann bist du zu den Heilern gegangen."

„Ja, ich wollte etwas wiedergutmachen. Den Rest der Geschichte kennst du. Thom kam zu mir und Osan hat mich zu seinem Heer befohlen." Gadah zerrte an seinen Fesseln und atmete durch, als sie sich lösten. „Na endlich."

„Manche Menschen haben eine Bestimmung", flüsterte Atriba. „Du weißt, dass ich daran glaube. Du bist ein Krieger durch und durch. Die Männer aus der Legion schauen zu dir auf. Und ich ebenfalls."

Gadah rieb sich die malträtierten Handgelenke, hielt aber inne bei Atribas Worten. „So, wie du es sagst, kann ich es fast als Liebeserklärung auffassen."

„Ich habe Milana beneidet. Sie war so glücklich mit dir. Jeder konnte es damals sehen. Es tut mir so unendlich leid, dass sie umgekommen ist."

Gadahs Blick wurde weich. „Du hast Milana beneidet?"

„Ja, ich wusste, dass sie bei dir liegt und ihr euch liebt." Sie hatte das Gefühl, es sich endlich von der Seele reden zu müssen, obwohl die Situation denkbar ungünstig war. „Die ganzen Jahre habe ich an dich denken müssen und mich gefragt, ob du lebst und ob es dir gut geht."

„Atriba...", setzte Gadah an.

„Warte", unterbrach sie ihn und sprach weiter. „Vielleicht werde ich nie mehr den Mut haben, dir das zu sagen. Ich habe dich geliebt, seit dem ersten Moment, in dem ich dich gesehen habe. Ich war die Botschafterin und durfte meine Gefühle nicht zeigen, ich musste der Kaiserin treu zur Seite stehen." Sie senkte den Kopf und schaute auf ihre gefesselten Hände.

„Soll ich dir die Fesseln lösen?" Gadah stand auf und ging zu ihr hinüber.

Sie hob die Arme und hielt ihm ihre Hände hin. Ohne ein Wort zu sagen, zog er sie hoch und stellte sie auf die Füße. Sie ließ es geschehen und sah ihm in die Augen, während er die Stricke an ihren Handgelenken löste und zu Boden fielen. Sie legte ihm die Hände auf die Brust. „Ich hoffe, dass du mich immer noch achtest."

Er ergriff ihre zarten Hände. Hände, die niemals harte Arbeit verrichtet hatten. Milanas Hände waren von der Näharbeit zerstochen und von der Arbeit im Garten härter gewesen. Aber sie hatten sich geliebt. Raenal hatte er wie einen Sohn geliebt...wie Thom... Gadah leckte sich mit der Zungenspitze über die Lippen. „Selbstverständlich achte ich dich. Mehr als je zuvor." Er gab ihr einen Kuss auf die Stirn. Er schaute Atriba an. „Du bist eine schöne Frau. Es ehrt mich, dass du mir deine Liebe gestanden hast. Und jetzt sag mir endlich, wo wir sind."

„Unter dem Palast. Die zum Tode Verurteilten werden hier heruntergebracht. Es gibt zwei Eingänge. Einen hast du kennengelernt."

„Wie viele Ausgänge gibt es?"

„Keinen. Jeder, der hier herunter gebracht wird, ist zum Sterben verdammt. Niemand weiß, welche Gefahren hier auf uns lauern."

„Das sind ja rosige Aussichten. Ich habe keine Waffe. Kannst du deine magischen Fähigkeiten mit diesem Ring einsetzen?"

Atriba schüttelte den Kopf. „Er besteht aus dem gleichen Metall, wie die Amulette der Zauberjäger. Es schirmt mich vollkommen von meinen Kräften ab."

„Schöne Scheiße." Gadah schaute sich um. Die Decke des kathedralartigen Raumes war mindestens hundert Schritte entfernt. Die steile Rampe, die man sie heruntergestürzt hatte, war schmal und mit rutschigem Moos versehen. „Dort wieder hinauf ist sinnlos", murmelte Gadah. „Wenn wir nicht verhungern oder verdursten wollen, müssen wir uns von der Stelle bewegen. Viele Möglichkeiten haben wir ja nicht."

Luzil

Der Kommandant der Elfeninquisitoren kam wieder zu ihnen und sah erschöpft aus. Er legte den Helm auf seinen Tisch und schenkte sich aus einer Karaffe Wasser in einen Pokal ein. Gierig trank er und wurde sich dann der Anwesenheit seiner Gäste bewusst. „Verzeiht, ich vergesse meine Manieren. Darf ich euch etwas anbieten?"

„Sehr gerne. Wir sind hungrig und durstig", antwortete Isela.

„Ich werde etwas bringen lassen und dann reden wir. Ich ziehe nur diese verdammte Rüstung aus. Erst einmal haben wir Ruhe. Nach einem Angriff vergehen immer ein paar Tage, bis die Drachen es wieder versuchen."

Wenig später saßen sie mit Jarahin und Odihin an einer Tafel, die für mehr als drei Dutzend Gäste ausgelegt war. Alle langten tüchtig zu, nur Odihin hielt sich zurück.

„Hast du nach einem Kampf keinen Appetit", fragte Luzil ihn zwischen zwei Bissen.

Der Elfeninquisitor schüttelte den Kopf. „Ich bekomme nichts herunter. Als Soldat wird dir das bekannt sein."

„Ja. Nach einem Kampf bekomme ich nur Schnaps herunter." Luzil lehnte sich in seinem Stuhl zurück und schaute den Kommandanten an.

„So unterschiedlich scheinen wir nicht zu sein." Der Elf grinste und prostete ihm zu, bevor er fortfuhr. „Soweit wir wissen, haben die Dunkelelfen euer Land vollkommen überrannt. Die Bewohner eurer Hauptstadt wurden getötet. Den Rest des Landes hat man versklavt."

Isela und Gundra schoben ihre Teller von sich. Ihnen war der Appetit vergangen.

„Die Dunkelelfen sind zu mächtig und zu zahlreich. Ihr werdet ihnen nichts entgegenzusetzen haben. Selbst wir Hochlandelfen wagen derzeit keinen Krieg gegen sie. Unseren Ältesten gefällt nicht, dass unsere dunklen Vettern sich gegen euch erhoben haben, aber wir sind derzeit an einer anderen Front beschäftigt." Er trank einen Schluck. „Was habt ihr für Fragen an mich?"

„Wo sind wir?", fragte Luzil.

„Weit weg von zu Hause." Der Elf stand auf und enthüllte eine große Karte, die hinter einem Wandteppich verborgen war. „In eurer Sprache würde es Land der Elfen oder Elfenlande heißen. Als unsere Völker noch regelmäßigen Kontakt hatten, spielten diese Namen keine große Rolle. Ihr wisst ja bereits, dass die Portale damals dauerhaft geöffnet waren und die Menschen keine Magie beherrschten. Dass die Magie von den Menschen gestohlen wurde, ist natürlich nicht überliefert und entspricht mehr einem Aberglauben. Wir Hochlandelfen glauben eher, dass eine Mischung der Rassen stattgefunden hat und sich das Blut von Dunkelelfen mit denen der Menschen vermischt hat und ihr so Zugriff auf die Elemente erhalten habt. Auf jeden Fall breitete sich die Magie schnell unter euch aus, auch wenn sie immer schwächer wurde. Eure heutigen Magier sind erheblich schwächer als die Magier vor tausend Jahren. Die Dunkelelfen fühlten sich beraubt und hassten fortan die Menschen, die, ihrer Meinung nach, die Gabe nicht hätten erhalten dürfen. Wie immer bilden sich Legenden um diese Vorgänge und irgendwann hieß es, dass die Menschen die Dunkelelfen bestohlen hätten."

Luzil dachte über die Worte des Elfen nach. „Derzeit bin ich als Botschafter in euer Land geschickt worden. Ob es König Norderstedt selbst war oder ein Doppelgänger, wie Gundra erzählt hat, weiß ich nicht. Wo ist euer König? Als Botschafter habe ich wohl die Pflicht, mich bei ihm vorzustellen."

„Wir haben keinen König. Wir Elfen sind in Stämme zerfallen. Ein gemeinsames Königreich gibt es nicht. Faharins Stamm hast du ja bereits kennengelernt. Die Dunkelelfen ebenfalls. Dann gibt es noch die Waldelfen. Wir leben in Frieden miteinander, aber ein vereinigtes Elfenreich haben wir nicht."

„Und ihr Elfeninquisitoren?" Isela hatte sich eine Traube in den Mund gesteckt und kaute langsam darauf herum.

„Wir rekrutieren unsere Mitglieder aus allen Stämmen. Jeder hier ist mir treu ergeben, was bei unserer Aufgabe auch verdammt notwendig ist."

„Welche Aufgabe ist das? Gegen die Drachen kämpfen?" Luzil schaute den Kommandanten an.

„Auch." Odihin stand auf und ging zu der großen Karte, die an einer Wand hing. „Wir befinden uns genau hier." Sein linker Zeigefinger stieß auf einen Punkt auf der Karte. Die Festung war als Symbol dargestellt. „Wir sind hier an einem Punkt, den es zu beschützen gilt. Es gibt nur einen Weg durch diese Berge und der ist genau an dieser Stelle. Im Osten ist die große Wildnis, dort leben nicht nur die Drachen, die ihr vorhin gesehen habt, sondern eine Vielzahl an abscheulichen Wesen, deren niederen Instinkte nur das Ziel haben uns anzugreifen."

Langsam verstand Luzil, warum die Festung so wichtig war. „Und ihr wehrt mit euren Leuten alle Angriffe ab und haltet Drachen und andere Wesen davon ab, eine Invasion im Westen durchzuführen."

„Korrekt. Seit die Portale sich geöffnet haben, mehren sich die Angriffe der Waldbewohner und wir müssen wachsam sein. Sie sind nicht mehr so vorsichtig und drängen näher an unser Land heran."

Gundra schaute Isela an. „Wisst ihr, warum sie das tun?"

Der Kommandant schüttelte den Kopf.

Jarahin mischte sich in das Gespräch ein. „Wir wollten zeitnah eine Expedition zusammenstellen, die der Sache auf den Grund gehen soll. Eventuell ist es für euch interessant diese Gruppe zu begleiten."

„Wie kommst du da drauf?" Luzils Narbe an der Augenbraue zuckte kurz hoch.

Jarahin schmunzelte. Eine Gefühlsregung, die Luzil einen Schauer über den Rücken jagte.

Odihin nickte dem jüngeren Elfen zu.

„In der Wildnis liegt ein Portal, welches euch in eure Heimat bringen kann. Allerdings wird es von einem Magier bewacht. Niemand hat es bislang gewagt, diesen Übergang aufzusuchen."

„Warum nicht?" Luzil wurde misstrauisch.

„Der Ort, der von dem Magier bewacht wird, ist sein Gefängnis."

Atriba

Sie war froh, dass sie es Gadah gesagt hatte. Insgeheim rechnete sie nicht damit, wieder lebend an die Oberfläche zu kommen. Sonst hätte sie sich niemals getraut, Gadah ihre Liebe zu gestehen. Er hielt ihre Hand, obwohl sie bereits seit Stunden durch die Gänge irrten und nicht wussten, wo sie sich befanden. Es war fast dunkel und sie konnten nur ein paar Schritte weit sehen.

„Es ist ein Labyrinth", bemerkte Gadah und blieb stehen. „Je weiter wir gehen, umso tiefer geraten wir hinein."

„Wir können aber auch nicht mehr zurück." Atriba fühlte sich erschöpft. Die Dunkelheit machte ihr Angst, aber das wollte sie nicht zugeben. Immerhin fühlte sie sich in Gadahs Gegenwart sicher.

„Und wir sind nicht alleine." Gadah versteifte sich.

„Was meinst du?" Atriba sah sich hektisch um, konnte aber niemanden entdecken.

„Psst. Ich höre etwa..." Gadah schrie auf und ging zu Boden.

Atriba fühlte, dass sie von Gadah weggerissen wurde und einen Schlag ins Gesicht bekam. Ihre Zähne schlugen schmerzhaft aneinander und gleich darauf folgte ein weiterer Schlag in den Magen, der ihr die Luft nahm. Dann verlor sie das Bewusstsein.

Gadah

Er merkte, wie ihm etwas in den Rücken gestoßen wurde und seine Beine unter ihm wegsackten. Dann Atribas Schreie, als sie fortgerissen wurde. Eine Klinge wurde in seine Brust gestoßen und fauliger Atem schlug ihm ins Gesicht, dann war Ruhe. Er hörte nur noch die sich entfernenden Schritte und merkte, wie ihm der Lebenssaft auf dem Körper lief. Dass es so enden würde, hätte er nicht gedacht.

Züleyha

„Hier." Die Soldaten warfen ihre Waffen auf den Boden und drehten sich um. Sie hatten Krok und sie aus der Stadt begleitet. Keiner von ihnen hatte ein Wort mit ihnen gesprochen. Wahrscheinlich hatte Zadara es ihnen verboten.

Züleyha schnaubte vor Wut. „Niemand wirft mir meine Waffen einfach vor die Füße."

Krok schwieg und hob sein Schwert auf. Pradan und Zara waren bei ihnen. Der Schmied machte einen geknickten Eindruck. „Was machen wir jetzt? Zurück zur Legion? Dort sind wir zumindest in Sicherheit." Krok war ebenso sauer wie Züleyha, aber der Wut nachzugeben würde sie nicht weiterbringen.

„Eine andere Möglichkeit sehe ich derzeit nicht." Züleyha sah ihre Tochter an und rang sich ein Lächeln ab. „Hab keine Angst, meine Kleine. Wir gehen wieder zu den Legionären."

„Dann muss ich wieder auf der Erde schlafen?", fragte das Kind.

„Ja, leider schon. Aber wir suchen dir ein paar Decken, damit es gemütlicher für dich wird."

Züleyha hob ihre Messer auf und steckte sie ein.

„Ich habe gehört, wie einige der Diener über Gadah sprachen, während ihr weg wart", sagte der Pradan leise.

„Was haben sie gesagt?", hakte Krok nach.

„Ich konnte nicht alles verstehen, aber sie sprachen darüber, dass Gadah gefangen wurde."

„Scheiße", brummte Krok und blinzelte in die Sonne. „Wir müssen ihm helfen."

„Grandiose Idee." Züleyha warf ihre Haare zurück und schwang sich in den Sattel. „Die Zauberjäger müssen uns helfen."

„Was hast du vor?" Ihr Mann sah sie fragend an.

„Warte es ab. Jetzt folgt mir." Sie ritt los und schaute sich nicht um.

„Was hat sie vor?" Pradan schaute ihr hinterher.

„Ich weiß es nicht, aber wenn sie in dieser Laune ist, sollten wir ihr nicht widersprechen." Krok zog sich ebenfalls in den Sattel und ritt mit dem Schmied und seiner Tochter hinter seiner Frau her.

Gadah

Ihm war kalt und sein Herz raste in seiner Brust. Er spürte sein Blut aus den Wunden herauslaufen und atmete flach. Seine Gedanken rasten und waren zunehmend verwirrt. Er starb. Er hatte genug Menschen im Delirium gesehen und wusste, dass es nicht mehr lange dauern würde, bis er in die nächste Welt übergehen würde. Atriba würde er nicht retten können, er konnte nicht einmal sich selbst retten.

„Thom, ich komme", sagte er leise und kämpfte nicht mehr gegen die gnadenbringende Dunkelheit an.

Luzil

„Was haltet ihr von der Sache mit dem Portal?" Gundra spielte sich an den Haaren.

Die Elfen hatten ihnen den Speisesaal überlassen und sich zurückgezogen. Vor ihnen stand Beerenwein und die Reste des Abendmahls.

„Wir sollten es versuchen. Was haben wir schon zu verlieren." Isela hatte es sich bequem gemacht und die Füße auf einen freien Stuhl gelegt.

„Wir sind uns auch alle einig, dass wir so schnell wie möglich wieder nach Hause wollen." Luzil wanderte im Raum umher und kratzte sich an seinen Bartstoppeln. „Die Frage ist, ob wir alle gehen."

„Wie meinst du das?" Gundra ließ ihre Haare los und sah Luzil aufmerksam an.

„Die Reise scheint gefährlich zu sein und wir sind in einem fremden Land. Die Elfen kennen sich hier aus und haben diese Expedition bislang gescheut. Das sollte uns eine Warnung sein."

„Was schlägst du vor?", wollte Gundra wissen.

„Nur einer von uns geht mit der Expedition und zwei bleiben hier. Wenn er erfolgreich ist, wird er..."

„Lass mich raten. Du gehst mit und wir bleiben hier?", unterbrach Isela ihren Mann.

„So habe ich es mir gedacht", erklärte Luzil ohne Umschweife. Seiner Frau würde er nichts vormachen können. Er hielt die Reise für zu gefährlich. Hier in der Festung waren sie wenigstens in Sicherheit.

„Glaubst du, wir können uns nicht unserer Haut wehren?" Isela sah wütend aus und er verstand sie.

„Doch, aber wir wissen nicht, was uns dort draußen erwartet. Ich wäre freier, wenn ich dich und Gundra hier in Sicherheit wüsste."

„Und wenn du es nicht schaffst, sitzen wir hier fest."

„Die Elfen werden euch helfen und immerhin wärt ihr am Leben und könnt einen anderen Weg nach Dharan suchen. Jemand muss unserem Volk berichten, dass es hier eine andere Welt gibt."

Gundra hielt sich aus dem Streit der Eheleute heraus. Sie fand Luzils Idee richtig, konnte aber Iselas Einwand verstehen. „Ich bleibe hier und ihr könnt beide gehen", sagte sie schließlich.

Luzil und Isela sahen sie an.

„Ist das dein Ernst?", fragte Luzil.

„Ja. Ihr solltet gemeinsam gehen. Wenn du alleine gehst, wird Isela mir in den Ohren liegen mit ihren Sorgen. Ich werde alleine schon hier klarkommen."

„Dann ist es abgemacht", bestimmte Isela und sah ihren Mann an. Dieser nickte.

„Wir sollten uns ausruhen. Mit Glück haben wir ein paar Tage Zeit, bis wir aufbrechen müssen. Die Zeit würde ich gerne dazu nutzen, hier etwas zu sehen."

Gadah

Er hörte seinen eigenen Atem und wunderte sich, warum er noch lebte. Die Schmerzen waren verschwunden und sein Herz hatte sich beruhigt. Er drehte sich auf den Rücken und fuhr mit der Hand unter sein Kettenhemd. Dort, wo ihn die Klinge getroffen und die Ringe durchdrungen hatte. Die Wunde war bereits vernarbt.

„Das Serum hat mich gerettet", sagte er zu sich selbst. Die Wunde an seinem Rücken fühlte sich ebenfalls gut an. Langsam setzte er sich auf und ignorierte den Schwindel. Er wusste nicht, wie lange er hier gelegen hatte. Sein Zeitgefühl war vollkommen durcheinander. Er wusste nicht, wer sie überfallen hatte und wohin Atriba entführt worden war. Aber er musste hinterher. Die Dunkelheit ließ ihn nur Schatten erkennen, aber langsam hatten sich seine Augen an die Dunkelheit gewöhnt. Es roch metallisch. Sein getrocknetes Blut klebte am Boden. Aber da war noch ein anderer Geruch. Ein bitterer Geruch lag ihm in der Nase. Nachdem der Schwindel nachgelassen hatte, tastete er sich auf dem Boden entlang und fand etwas. Ein Fetzen von Atribas Kleid. Daneben ein Stück Fell. Sie musste sich gewehrt und ihre Häscher verletzt haben.

Gadah stemmte sich mühsam hoch und merkte, dass der Blutverlust ihn geschwächt hatte. Er musste vorsichtig sein. Er starrte auf den Boden und entdeckte einen weiteren dunklen Fleck. Er bückte sich und fuhr mit dem Finger darüber. Anschließend roch er an seinem Finger. Der bittere Geruch rührte von dem fremden Blut her.

Einfach der Nase entlang, fuhr es ihm durch den Kopf und er grinste schief. „Atriba, ich komme!"

Skiril

Ohne Unterschenkel lag der Elf im Gras und blutete aus seinen Wunden. Skiril hatte ihm vorher Lederstücke um die Oberschenkel gebunden, damit der Kerl beim Verhör nicht am Blutverlust starb. Er lebte noch, war aber nicht bereit, mit ihnen zu reden.

Vielleicht versteht er uns nicht? Der Liktor verwarf den Gedanken. Nachdem was er wusste, konnten die Elfen ihre Gedanken teilen. Das würde er auch ohne Gliedmaßen können.

„Jetzt die Arme", befahl er und Eisenarsch band dem fixierten Dunkelelfen die Oberarme ab.

Ohne Gefühlsregung ließ der Elf das Prozedere über sich ergehen. Aber Skiril erkannte in seinen Augen den Ausdruck von Angst.

Sie haben Gefühle, dachte der Liktor.

Als Eisenarsch seine Axt anhob, um den rechten Arm des Elfen abzutrennen, erklang eine Stimme in seinem Kopf.

„Meine Brüder werden mich rächen." Rasch hob Skiril die Hand und hielt den Zwerg von seinem Tun ab.

„Deine Brüder haben bereits das Land verwüstet. Was wollt ihr noch? Egal, was es ist, du wirst es nicht mehr erleben. Der Tod wartet in jedem Fall auf dich."

Ein Lachen ertönte in seinem Kopf. „Ihr dummen Kinder. Ihr glaubt, ihr habt unseren Kräften etwas entgegenzusetzen. Wir wollen euer Land. Wir sind es leid unter der Erde zu leben. Und ihr Maden seid es nicht wert dieses Land zu besitzen. Wenn wir euer Land haben, ist unsere Magie wieder vereint und wir werden der siegreiche Stamm Elfen sein, der die Führung für sich beanspruchen kann. Ein paar von euch dürfen dann unsere Diener sein."

Skiril runzelte die Stirn.

„Was sind eure Pläne?" Der Liktor trat ungeduldig näher an den Elfen heran, aber dieser richtete seine roten Augen auf ihn.

„Ihr werdet alle sterben. Erst die Menschen, dann diese Zwerge. Wir haben überall unsere Spione und niemand wird uns entkommen. Dieses Land wird gesäubert, wie ein Stiefel von der Scheiße." Nach diesen Worten schloss der Elf die Augen und atmete flach.

Der Liktor wusste, dass er nicht mehr aus ihm herausbekommen würde. Er gab Eisenarsch ein Zeichen und der Zwerg schlug dem Elfen den Kopf ab. Er hatte genug gehört. Sie mussten zu den Zwergen, so schnell wie möglich und sie konnten niemandem trauen.

„Du bist ernst geworden." Dolori marschierte neben ihm und hatte sich mittlerweile von ihrem Schock erholt.

„Es sind ernste Zeiten." Skiril dachte an die gemeinsame Zeit mit Dolori und die schönen Stunden, die sie miteinander verbracht hatten.

„Es tut mir leid, dass sie tot ist", sagte seine ehemalige Geliebte.

„Wer?"

Sie marschierten in lockerer Formation. Die beiden Soldaten hatten die Vorhut übernommen und Eisenarsch bildete die Nachhut. In der Mitte lief Norderstedt, mit dem niemand ein Wort wechselte.

„Die Hure, zu der du immer so gerne gegangen bist."

„Du bist ein Miststück", knurrte Skiril.

Dolori senkte den Kopf. „Tut mir leid, das war wohl nicht nett. Ich fühlte mich nur so verletzt, dass du nicht mehr zu mir gekommen bist."

Eine Weile liefen sie schweigend nebeneinander her. „Vielen Dank, dass du uns vor den Elfen gerettet hast. Ohne dich wären wir verloren gewesen."

„Kameraden rettet man. Auch wenn man sie nicht liebt", antwortete er einsilbig.

Atriba

Ihr war schwindelig und übel. Zudem stieg ihr ein ekelhaft bitterer Geruch in die Nase. Gequält versuchte sie ein Auge zu öffnen und merkte, dass ihr linkes Auge so geschwollen war dass sie ihr Augenlid nicht öffnen konnte. Sie lag auf einem weichen Material und ihr war kalt. Mit dem rechten Auge schaute sie an sich herab und stellte fest, dass sie nackt war. Vor ihr stand ein Wesen, was sie kaum als Mensch bezeichnen würde. Lange Arme, die fast bis zu den Knien reichten und der Kopf über und über mit Wucherungen entstellt. Atriba schrie auf und wollte wegrennen, aber ihre Arme waren festgebunden.

„Meins", sprach das Wesen undeutlich und jetzt bemerkte sie erst, dass der Mann mit einem erigierten Glied vor ihr stand und sich langsam zu ihr herabließ.

Atriba wollte um sich treten, aber sie konnte ihre Beine nicht bewegen. Ebenso wie ihre Arme waren auch sie festgebunden. Sie war hilflos und konnte nur mit Entsetzen zusehen, wie der Mann sich auf sie legte und sich an ihr verging.

Züleyha

Im Lager der Legionäre angekommen hatte sich ihre Wut etwas gelegt und direkt mit Tuvindir und Villiuc gesprochen. Krok hatte daneben gestanden und abgewartet, was passieren würde. Nachdem Züleyha berichtet hatte, was geschehen war, sahen sich die Männer an.

„Wenn wir in die Stadt reiten, kommt das einer Kriegserklärung gleich." Villiuc schürzte die Lippen.

„Wenn wir es nicht tun, wird Gadah mit Sicherheit draufgehen", warf Krok ein „Ich frage mich, was dieser Zauberer ausheckt. So wie er sich ausgedrückt hat, will er mit Sicherheit den Thron besteigen."

„Das glaube ich auch", stimmte Züleyha ihm zu.

„Wir könnten versuchen, mit einer kleinen Gruppe den Palast einzunehmen und diesen Zadara gefangen nehmen. Dann könnten wir Gadah am ehesten helfen."

„Das Problem wird sein, wie wir in die Stadt hineinkommen. Die Tore werden streng bewacht und man wird sofort Alarm schlagen, wenn man uns sieht."

„Vielleicht wird man uns hereinlassen. Ich habe eine Idee."
Villiuc Gesicht hellte sich auf. „Wir müssen uns beeilen."

Wenig später gingen sie mit zwei Tragbahren und einer Gruppe von fünf Legionären in Zivil auf die Tore der Stadt zu. Vier Legionäre trugen zwei Bahren, auf denen zwei Verletzte lagen. Züleyha hatte sich den Kopf verbinden lassen und sich mit dem Blut eines Pferdes beschmieren lassen. Auch die Männer hatten sich mit Blut Wunden schminken lassen. Krok lag auf der anderen Bahre und ärgerte sich darüber, bei diesem wahnwitzigen Plan mitzumachen. Dicke Verbände bedeckten sein Gesicht und seinen Metallarm.

„Halt!", riefen die Stadtwachen sie an. „Was ist denn mit euch passiert?"

„Wir sind überfallen worden. Ganz üble Burschen. Schwarze Kleidung und sie nannten sich Zauberjäger. Sie haben alle von unserer Karawane umgebracht, nur wir konnten entkommen. Wir müssen dringend zu einem Heiler. Ich hoffe, es gibt einen in dieser Stadt", rief Villiuc ihnen zu.

„Nicht nur einen. Wir sind ja kein Provinzdorf", knurrte die Stadtwache, die sich den Bahren näherte und einen Blick darauf warf. Das Blut überzeugte ihn. „Ihr könnt passieren. Haltet euch auf der Hauptstraße und geht dann ins Viertel der Bäcker, einer der Heiler hat dort seine Unterkunft. Er wird euch helfen können."

„Vielen Dank", sagte Villiuc, der Kroks Bahre wieder aufnahm und langsam voranging.

„Das wäre geschafft", raunte der Centurio, als sie außer Hörweite der Wachen waren.

Sie gingen die Hauptstraße entlang, auf der ein heiterer Trubel herrschte. Von ihnen nahm man aber kaum Notiz. Schnell bogen sie in eine ruhige Seitenstraße ab und stellten die Bahren ab.

Züleyha sprang von ihrer Bahre und befreite sich von ihren Verbänden.

„Ab hier trennen wir uns." Villiuc wischte sich das Blut notdürftig aus dem Gesicht und nahm das Schwert an sich, auf dem Krok gelegen hatte. Die anderen Legionäre taten es ihm gleich.

„Wenn wir die Wachposten erledigt haben, gehen wir weiter in Richtung des Palastes." Villiuc sah seine Legionäre an. „Wenn es geht, lasst sie am Leben. Sie sind keine Feinde."

„Glaubst du, dass dein Trick funktioniert?" Krok war immer noch skeptisch.

„Hast du einen besseren Vorschlag?", erwiderte der Centurio.

Krok schüttelte den Kopf.

„Dann los", trieb Villiuc seine Legionäre an und trabte los. Die Männer hinterher. Krok und Züleyha blieben zurück.

„Mach dir keine Sorgen, die Stadtwache erwartet nur einen Angriff von außen, nicht von innen", beruhigte Züleyha ihren Mann.

„Ich hoffe, wir kommen nicht zu spät, um Gadah rauszuhauen."

Insgeheim teilte Züleyha Kroks Bedenken.

Villiuc kehre mit den Legionären schnell zurück. „Alles erledigt", verkündete er. „Nach Sonnenuntergang werden meine Männer die Tore öffnen. Die Stadtwachen liegen gut verschnürt in ihrem Wachraum und die Legion kann in die Stadt reiten."

„Gut gemacht", lobte die ehemalige Leibwächterin.

„Züleyha und ich gehen jetzt gemeinsam. Krok und die restlichen Männer sollen den verabredeten Weg nehmen."

Züleyha hauchte ihrem Mann einen flüchtigen Kuss auf die Wange. „Pass auf dich auf, Liebster. Wir treffen uns am

Palast", hauchte sie und verschwand mit dem Centurio in eine der nächsten Gassen.

„Dann los." Krok setzte sich in Bewegung und die Zauberjäger folgten ihm.

Gadah

Der Gestank wurde stärker und verriet ihm, dass er auf der richtigen Fährte war. Immer noch folgte er den Blutstropfen auf dem Boden, die kaum zu sehen waren. Ein halbes Dutzend Mal verlor er die Spur und musste auf die Knie gehen, um die Spur wieder zu erschnuppern. Seine Augen alleine halfen ihm in dieser Umgebung nicht. Aber dafür waren seine übrigen Sinne schärfer geworden.

Als der Gang breiter wurde und sanfter Lichtschein zu sehen war, musste er die Augen zusammenkneifen. Er war am Ziel!

Er gab seinen Augen einige Atemzüge Zeit, sich an die neuen Lichtverhältnisse zu gewöhnen, dann ging er weiter. Vorsichtig und lauernd, er wollte nicht noch einmal in einen Hinterhalt laufen. Er wusste nicht, wann er zuletzt gegessen oder getrunken hatte. Aber das war jetzt unwichtig. Er hoffte, dass Atriba noch lebte und er ihr helfen konnte.

Das Ende des Ganges führte in ein weitläufiges Gewölbe, was durch einen Lichtschacht mit schummrigem Licht versorgt wurde.

Gadah legte sich flach auf den Bauch und beobachtete eine Zeitlang die Umgebung. In Steinwurfweite befand sich ein primitiver Lagerplatz, auf dem sich missgestaltete, behaarte Menschen aufhielten. Einige trugen Messer am Gürtel, andere führten lediglich eine Keule mit sich. Die Männer waren notdürftig mit Fellen oder Lumpen bedeckt.

Seine Augen tränten. Zu lange waren sie der Dämmerung ausgesetzt gewesen. Er kniff sie zusammen und atmete ruhig. Dann öffnete er die Augenlider.

Diesmal ging es besser.

Er erkannte, dass es ausschließlich Männer waren, die sich dort aufhielten. Aber wo war Atriba?

Dann hörte er die leisen Schreie. Schreie einer Frau. Atribas Schreie!

Er entdeckte einen aus Lederstücken, provisorisch aufgestellten, Sichtschutz. Dort kamen die Schreie her.

Hass stieg in ihm auf. Nicht Atriba!

Er stand auf und ging erhobenen Hauptes in das Lager und ignorierte das Brüllen der Missgeburten. Er ignorierte, dass sie bewaffnet waren. Es musste sein!

Rochard

„Mein Sohn, warum suchst du uns auf?" Der Prior des Heilerordens hatte ein gütiges Gesicht und einen kahlen Schädel. Wenn er Haare gehabt hätte, wären diese sicherlich bereits grau gewesen.

„Ich habe genug von der Welt dort draußen und will vergessen." Rochard beugte den Kopf und schaute demütig zu Boden.

„Du siehst aus wie ein ehemaliger Soldat."

„Ja, das war ich, Herr."

„Du hast gemordet?"

„Ja, Herr."

Der Prior schwieg und schaute Rochard mit wässrigen blauen Augen an. „Niemand wird hier wegen seiner Vergangenheit verurteilt. Jeder, der sich zum Eintritt in den Orden entscheidet, soll dies aus freien Stücken tun und sich darüber bewusst sein, dass es eine Entscheidung für sein Leben ist. Für ein anderes Leben!"

„Dessen bin ich mir bewusst." Rochard leckte sich über die Lippen und schaute den Prior mit festem Blick an.

„Schwörst du jeglicher Gewalt ab?"

„Ja, ich schwöre jeglicher Gewalt ab. Niemals wieder will ich töten und morden."

Niemals wieder will ich töten...

Niemals wieder...

Gadah

Er wütete unter den Männern wie ein Dämon.

Dem ersten Kerl, der sich auf ihn stürzen wollte, trieb er die verkrüppelte Nase ins Gehirn und nahm ihm das primitive Beil ab, mit welchem er Gadah den Schädel hatte spalten wollen.

Die vier verbliebenen Gegner behinderten sich selbst und so konnte er das Steinbeil dem nächststehenden quer in den Kiefer treiben. Der Getroffene spuckte Zähne und Blut. Mitleidlos griff Gadah in das Fell auf der Brust des Mannes und zwang ihn auf die Knie, nur damit er ihm von oben herab den Schädel spalten konnte. Mit einem Knirschen durchdrang seine Waffe den Knochen und zerstörte das Gehirn.

Jetzt war er nicht mehr Gadah, er war wieder Rochard. Hart und mitleidlos. Er tötete jetzt nicht zum Überleben, sondern um seiner Wut freien Lauf zu lassen. Niemand würde ihn aufhalten können.

Die drei verbliebenen Gegner wichen vor ihm zurück als sie sahen, dass sie ihm nicht gewachsen waren. Aber Mitleid war fehl am Platz.

Er hob ein Messer auf, was einer der Toten verloren hatte, und stürzte sich auf die verbliebenen Gegner.

Als Gadah wieder zur Besinnung kam, waren alle um ihn herum tot. Einem Gegner fehlte der Kopf, einem anderen die Geschlechtsteile und ein Arm. Dem Dritten ragte das Messer aus der Brust. Er selbst blutete aus einer Schramme an der Wange.

Ein Stöhnen riss ihn wieder in die Welt.

„Atriba", rief er und lief zu ihr.

Nackt und geschunden lag sie auf dem kargen Boden. Die Hände und Beine hatte man an Pflöcke gebunden, sodass sie wie ein vierstrahliger Stern dort lag. Ihr Gesicht war blutig und ihr Körper übersät mit Wunden und blauen Flecken. Sie zitterte und starrte geradeaus.

Gadah löste ihre Fesseln und bedeckte sie mit einer herumliegenden Decke.

„Atriba, hörst du mich?", flüsterte er und streckte die Hand aus.

Die Magierin schrie auf und Gadah zog die Hand zurück.

„Sch... Alles wird gut.

Atribas Blick klärte sich für einen Augenblick und sie erkannte ihn. „Gadah", murmelte sie. Dann schloss sie die Augen und schlief ein.

Krok

Der Weg durch die Stadt war ungefährlicher als die Wache am Tor zu überlisten. Niemand achtete auf sie. Geschäftiges Treiben herrschte in den Straßen und Gassen. Kaufleute hetzten zu Kunden, um ihren Geschäften nachzugehen, und Frauen trugen ihre Einkäufe nach Hause. Einige hatten Kinder an der Hand, andere einen Mann.

Sie kamen unbehelligt bis zum Palasttor, an dem Züleyha bereits mit den anderen Zauberjägern wartete. Gemeinsam gingen sie zu einem Nebeneingang, an dem die Dienstboten verkehrten und warteten.

Züleyha hatte während ihrer Aufenthaltszeit in der Kaiserstadt die Augen offen gehalten und bei einem Spaziergang mit Zara entdeckt, dass der Koch immer zur gleichen Zeit den Palast verließ, um die Einkäufe mit einigen Küchengehilfen zu erledigen.

Pünktlich zur Mittagszeit öffnete sich die breite Türe, an der sie standen und sie nahmen die Gelegenheit wahr. Bevor jemand herauskam, trat Krok kräftig davor und rammte dem erstbesten Soldaten, der sie zurückdrängen wollte, seinen eisernen Ellenbogen ins Gesicht. Der Mann spuckte Zähne und würde in Zukunft nur noch Pudding löffeln können.

Die Zauberjäger und Züleyha drängten hinterher und schauten in die überraschten Gesichter der Küchenangestellten, die zum Einkauf aufbrechen wollten. „Wenn ihr euch ruhig verhaltet, wird euch nichts geschehen", warnte Krok sie.

„Fesselt und knebelt sie", befahl Villiuc seinen Legionären und ging achtlos an dem Personal und zwei Soldaten vorbei.

„Wo hält sich Zadara auf?", fragte Züleyha den Koch und zog eines ihrer Messer.

„Im Speisesaal", antwortete der Koch, ohne Angst zu zeigen. Er war sich darüber bewusst, dass er die Information in jedem Fall hätte rausgeben müssen, und je früher er das tat, umso schadloser wäre es für ihn.

Züleyha nickte und knebelte den Mann.

„Ihr wisst, wo der Speisesaal ist?" Villiuc sah Krok an.

„Ich führe an", sagte Züleyha und öffnete die Türe.

Krok ging nach ihr hinaus.

„Was ist, wenn wir Zadara haben?", flüsterte er ihr zu, während sie eine enge Treppe hinaufstiegen.

„Dann wird er uns sagen, wo Gadah ist."

„Und wenn nicht?"

„Diese Möglichkeit besteht nicht." Entschlossen schaute Züleyha geradeaus und alle anderen folgten ihr.

Luzil

Er hatte einiges zu lernen.

Luzil war davon ausgegangen, dass sie marschieren würde, um an ihr Ziel zu kommen. Aber als Jarahin sie am nächsten Morgen wecken ließ und sie in den Hof der Festung bat, standen dort drei Fluglöwen.

„Oh nein", murmelte Luzil.

Jarahin grinste ihn an. Wir werden auf den Fluglöwen reiten. Aber bevor ihr solch eine Strecke zurücklegt, müsst ihr lernen, sie selbst zu reiten.

Isela sah ihren Mann mitleidig an und nahm die Zügel von dem Elfen entgegen.

Luzil tat es ihr gleich und versuchte, sich nicht anmerken zu lassen, dass er gehörigen Respekt vor dem Tier mit dem Löwenkopf hatte. Die mächtigen Flügel waren angelegt und er konnte problemlos in den Sattel steigen.

Iselas Löwe war ein Weibchen und ein wenig kleiner als Luzils Tier.

„Wenn ihr sie gut behandelt, sind sie die besten Gefährten", führte Jarahin aus. „Sie sind seit ihrer Geburt in unseren Ställen und an uns gewöhnt. Eingeritten sind sie ebenfalls. Ihr habt ein Pärchen bekommen, ich dachte mir, das schafft eine Art Verbundenheit zwischen euch. Ihr müsst Vertrauen zueinander haben. Wenn es darauf ankommt, hängt euer Leben von ihnen ab."

Luzil lauschte den Ausführungen des Elfen und saß dabei im Sattel seines Reittieres.

„Wir werden einen kleinen Ausflug machen, damit ihr euch aneinander gewöhnen könnt."

Der Elf führte sie zu einer Plattform und sein Fluglöwe hob nach drei weiten Sprüngen in die Luft ab.

Isela tat es ihm nach und kreischte vor Begeisterung.

„Dann wollen wir mal." Luzil drückte seinem Tier die Fersen in die Flanken, die kurz erzitterten, dann sprangen auch sie über den Abgrund und Luzil fragte sich, warum er nicht in der Festung blieb.

Skiril

Sie hatten darauf geachtet, den Dunkelelfen nicht in die Arme zu laufen. Besonders in der Nacht war es gefährlich, da dann die Sinne der Elfen geschärft waren. Aber sie hatten Glück und kamen unbehelligt bei den Zwergen an. Nach einem Tag der Ruhe zogen sie in Begleitung einer Zwergenrotte weiter. Die schwer gerüsteten Zwerge gaben ihm ein sicheres Gefühl. Auch hatten sie sich neu eingekleidet. Dolori war nun die Leibwächterin des Königs. Skiril war froh, wenn er so wenig wie möglich mit ihr zu tun hatte. Er dachte an Gundra und was aus ihr geworden war.

„Woran denkst du?", riss Eisenarsch ihn aus seinen Gedanken.

„Was glaubst du?" Skiril verzog das Gesicht. Der Hund trottete neben ihm her. Die Vor- und Nachhut wurde von Zwergenkriegern gebildet, da war es nicht notwendig, dass er wachsam um sie herum lief.

„Die Schwester hat es dir angetan. Was ist mit der neuen Leibwächterin? Ihr kennt euch doch auch nicht nur vom Exerzierplatz."

Sie gingen ein paar Schritte, bevor Skiril antwortete.

„Wir waren ein paar Monate zusammen. Aber ich hatte kein Interesse an einer festen Bindung. Danach bin ich nur zu Frauen gegangen, die Geld genommen haben."

„Die sind unkompliziert." Eisenarsch grinste. „Aber die Schwester hat in dir wieder den Wunsch geweckt, dich zu binden?"

„Ich glaube schon."

„Ich hatte nur eine Frau im Leben", erzählte Eisenarsch. „Sie ist bei der Geburt meines dritten Sohnes gestorben. Danach habe ich nie wieder den Wunsch verspürt, eine Frau zu besitzen."

„Dann hast du deine wahre Liebe verloren." Skiril sah den Zwerg an. „Was machen deine Söhne?"

„Einer ist zur Rotte gegangen, die anderen sind Schmiede geworden, wie ihr Großvater." Eisenarsch deutete mit dem Daumen über die Schulter. „Mein Jüngster begleitet uns. Er und seine Kameraden werden dafür sorgen, dass wir wohlbehalten ankommen."

„Sein Vater ist aber auch wehrhaft", schmunzelte der Liktor.

„Alte Krieger darf man nicht unterschätzen", zwinkerte der Zwerg ihm zu. „Ich hoffe, dass wir die Schwester wiederfinden."

Skiril warf einen Blick auf die neuartige Waffe an der Seite des Zwerges. Die anderen Zwerge trugen ebenfalls -zusätzlich zu ihren Äxten- diese neuen Waffen. Sie nannten sie Pistolen und Gewehre. Skiril hatte sich das Prinzip erklären lassen und sich ebenfalls zwei Pistolen aus der Waffenkammer besorgt. Das Prinzip der Waffe war simpel. Eine Metallkugel wurde, nachdem eine Treibladung gezündet worden war, aus einem Lauf geschleudert und konnte einem Feind den Kopf abreißen. Die Gewehre hatten eine höhere Reichweite als die Pistolen.

Das Funktionsprinzip war identisch. Mit seinem Morgenstern und den Pistolen fühlte er sich etwas sicherer als zuvor und die Zwergenrotte gab ihm das Gefühl, in einem sicheren Schoß gebettet zu sein.

Rochard

Die Aufnahme im Orden der Heiler war nicht nur mit einem neuen Namen, sondern auch dem Schwur verbunden, nicht mehr zu töten. Er musste Prüfungen bestehen, die härter waren als diejenigen, die er auf dem Schlachtfeld hatte bestehen müssen.

Der Mönch, der sich seiner annahm, war fast blind, aber kannte alle Bücher in der Bibliothek auswendig. Er brachte Gadah bei, wie man eine Frau entbindet und welche Kräuter gegen welche Krankheiten halfen.

Die ersten Jahre war Gadah unruhig gewesen und hatte sich nach dem Leben außerhalb der Klostermauern gesehnt. Er vermisste Wein, Frauen und die Kameraden, mit denen er gekämpft hatte. Nach fünf Jahren verstarb der blinde Mönch und Gadah übernahm seine Aufgaben. Er hatte mittlerweile gelernt, dass auch die Mönche eine Art Kameradschaft besaßen, welche sich nur anders zeigte. Anstatt miteinander schreiend in die Schlacht zu reiten, sprachen sie mit ihren Brüdern über Ängste und spendeten sich gegenseitig Trost. Anstatt miteinander zu trinken, beteten sie fünfmal am Tag und fanden darin Erlösung und Nähe zu den Göttern. Anstatt jeder Frau hinterherzurennen, halfen sie dabei, neues Leben in die Welt zu bringen.

Gadah, wie er sich jetzt nannte, lernte in diesen Mauern eine neue Welt kennen, die ihm zeigte, dass eine gute Ernte im Herbst ein freudigeres Ereignis war, als für ein Kupferstück einen Teller Eintopf zu bekommen.

Er erinnerte sich noch gut an den Morgen, an dem Thom zu ihnen gebracht wurde.

Der Junge war schwer verwundet und dem Tode näher als dem Leben gewesen.

Der Prior hatte ihm die Aufgabe übertragen, sich um ihn zu kümmern und zu pflegen. Anfangs hatte er gedacht, dass Thom sterben würde. Aber dann wurde er kräftiger und kam zu Bewusstsein. Gadah hatte Mitleid und Achtung für Thom empfunden und ihn später als seinen Ziehsohn angesehen. Als er seinen letzten Atem in Gadahs Gesicht gehaucht hatte, war auch ein Teil von ihm gestorben.

Gadah

Es war so lange her und immer noch dachte er jeden Tag daran.

Atriba, die zugedeckt und geschunden vor ihm lag, erinnerte ihn an diesen ersten Moment mit Thom. Ihr Fieber war zurückgegangen und sie sprach zuweilen im Schlaf. Trotz der Verletzungen war ihr Körper in einem besseren Zustand als ihre Seele. Er hatte Männer gekannt, die sich nach einem Gefecht tagelang ins Bett gelegt hatten und nicht aufgewacht waren. Andere hatten ein anhaltendes Zittern entwickelt, was nicht zu heilen gewesen war. Körperlich waren sie unversehrt, aber ihre Seelen waren gebrochen. Sie hatten das erlebte Grauen nicht verkraftet. Wie jetzt Atriba. Er hoffte inständig, dass sie es überstehen würde.

Von Zeit zu Zeit streichelte er ihr über die Wange und sprach beruhigende Worte. Dann wurde ihr Schlaf ruhiger und ihr Murmeln verstummte.

Gadah hatte die Leichen aus dem Lager geschafft und hinter ein paar Felsbrocken geworfen. Diese Menschen waren derart missgestaltet, dass es ihm schwergefallen war, etwas menschliches in ihnen zu erkennen. Dass er sie getötet hatte, bereute er nicht. Sie hatten den Tod verdient. Nachdem was sie Atriba angetan hatten, bereute er fast, dass er sie nicht mehr hatte leiden lassen.

Luzil

Isela und er waren in der Waffenkammer der Elfen neu ausgestattet worden. Sie trugen elfische Kettenhemden, die leichter waren als diejenigen, welche es in der Legion gab. Auch das Schwert war leichter, obwohl es länger war. Das Kettenhemd hatte man in der Länge auf ihre Größe angepasst. Isela hatte ihre Bogen in ihren Köcher geschoben und die Sehne abgenommen. Im Bedarfsfall würde sie ihn schnell gespannt haben.

Sie standen zusammen mit Faharin auf der Plattform, von der aus sie losfliegen würden. Der Elf hatte sich mit Gundra zu ihnen gesellt und wünschte ihnen alles Gute.

„Wir sehen uns wieder", sagte Gundra. Wenn nicht in dieser, dann in der nächsten Welt. Sie trat vor und umarmte ihre Gefährten. „Viel Glück."

Isela hatte Tränen in den Augen. „Pass auf dich auf."

„Mach dir keine Sorgen, ich bin hier sicher."

„Die Festung ist unüberwindbar." Faharin stand neben der Ordensschwester. Ich passe auf sie auf, darauf gebe ich euch mein Wort. Dann beugte er sich vor und sprach leiser. „Passt auf Krahir auf." Er deutet auf einen Elfen, der bereits seinen Helm aufgesetzt hatte und alleine an seinem weiblichen Fluglöwen stand.

„Was ist mit ihm?", wollte Luzil wissen.

„Er ist ein Dunkelelf. Viele mögen ihn nicht. Ich persönlich traue ihm nicht, da ich nicht weiß, wie er zu seinen Brüdern steht."

Luzil schaute den Dunkelelfen an und versuchte, die Gestalt abzuschätzen. Hochaufgeschossen stand er da und kümmerte sich um sein Reittier.

Jarahin gab das Zeichen zum Aufbruch und alle schwangen sich in ihre Sättel.

Luzil fühlte sich immer noch nicht wohl auf den fliegenden Tieren, aber zumindest hatte er seines im Griff. Trotzdem freute er sich darauf, wieder auf einem Pferd sitzen zu können.

Züleyha

Sie stürmten den Speisesaal und überraschten Zadara bei der Suppe.

Der Zauberer sprang auf und machte eine ausladende Handbewegung. Sofort schob sich eine Feuerwalze auf sie zu.

Villiuc' grüner Schutz flackerte auf und die Welle aus Feuer erstarb.

Bevor der Magier eine weitere Bewegung machen konnte, warf Züleyha ein Messer und traf die rechte Schulter des Magiers.

Stöhnend ging Zadara zu Boden, dann war der Centurio bei ihm und legte ihm das Schwert an die Kehle.

Die übrigen Legionäre nahmen im Speisesaal Aufstellung und sicherten die Türen. Zwei weitere Soldaten waren im Flur und hielten ihnen den Rücken frei.

„Was wollt ihr?" Zadara hielt sich die verletzte und blutende Schulter.

„Wir wollen wissen, wo Gadah ist." Züleyha zog das Messer aus der Wunde. Ein Schwall Blut folgte und tropfte auf den Boden.

„Ihr armen Irren. Ich habe euch die Möglichkeit gegeben, eure Haut zu retten, aber ihr kommt zurück."

„Wo ist Gadah?", schrie Züleyha den verwundeten Mann an.

„Wenn er nicht schon tot ist, wird er es sicher bald sein."

Schnell wie eine Schlange schnappte Züleyha sich seine Hand und schnitt ihm mit einer schnellen Bewegung den kleinen Finger ab.

Zadara schrie auf und Krok schaute seine Frau an. „Du hast noch neun Versuche mir zu antworten."

Der Magier schaute die schwarzhaarige Frau mit großen Augen an. Der Schock über den Verlust seines Fingers kroch durch seinen Körper. „Sie sind in der Palasthölle."

Züleyha kniff die Augen zusammen. „Was soll das sein?"

Zadara schaute in die Runde und fing die Blicke der Umstehenden ein. „Dorthin bringen wir diejenigen, welche zum Tode verurteilt wurden."

„Steh auf. Du wirst uns dorthin führen." Krok packte den Magier am Kragen und zerrte ihn auf die Beine.

„Das geht nicht..."

Die Tür ging auf und einer der Zauberjäger stieß Buliius in den Speisesaal.

„Der Kerl drückte sich draußen auf dem Flur herum und hat gelauscht."

Villiuc nickte dem Legionär zu. „Gute Arbeit. Zurück auf deinen Posten."

Der Mann salutierte knapp und ging wieder hinaus.

„Du wolltest uns gerade erklären, warum du uns nicht in die Palasthölle führen kannst", richtete Krok das Wort wieder an den Magier.

„Weil es nur Zugänge gibt. Wer einmal dort unten ist, wird nicht wieder herausfinden."

Krok warf seiner Frau einen ernsten Blick zu. „Stimmt das?", fragte er den Sekretär, der auf dem Boden kniete und sie alle mit großen Augen anstarrte. Zadara schüttelte unmerklich mit dem Kopf.

Züleyha bemerkte es und trat dem Zauberer unters Kinn. Der Magier sank besinnungslos zusammen.

„Also?", wandte sie sich an Buliius und spielte beiläufig mit einem ihrer Messer. Der Angesprochene sah den abgeschnittenen Finger und kurz wich die Farbe aus seinem Gesicht.

„Es gibt einen Zugang, über den man auch wieder herauskommt, allerdings kommt man nicht einfach hinein."

„Führe uns hin."

Skiril

Sie trafen kurz nach Einbruch der Dämmerung auf das Lager der Zauberjäger.

„Wer ist da?", wurden sie von einer Wache angerufen.

Skiril wartete ab und antwortete dann. „Eine Delegation der Zwerge mit König Norderstedt."

Kurze Zeit später standen sie mit zwei Centurios beisammen und fassten die Geschehnisse jeweils kurz zusammen.

Als Norderstedt erfuhr, dass Krok und Züleyha zur Rettung Gadahs in die Kaiserstadt gezogen sind, wurde er unruhig. „Ich übernehme ab sofort das Kommando", verkündete er und baute sich vor den Offizieren auf. Er hatte etwas an Gewicht verloren und sein Gewand spannte nicht mehr am Bauch.

„Ja, Herr", bestätigten die Offiziere.

„Wir werden nicht länger warten, sondern direkt in die Stadt marschieren. Wir müssen den Palast erobern, dann werde ich mich zum Kaiser ausrufen und alle verbliebenen Streitkräfte sammeln."

Skiril wurde es unwohl im Magen.

„Werdet ihr uns helfen?", wandte Norderstedt sich an Eisenarsch.

„Sicherlich. Wir sollen dich beschützen und das werden wir tun."

„Dann brechen wir sofort auf", entschied der König.

Nur eine kleine Wachtruppe blieb im Lager zurück. Pradan, Clada und Doran blieben bei Zara. Doran war zwar als Rekrut bei den Legionären aufgenommen worden, war aber noch zu jung für das, was ihnen bevorstand. Clada, seine Schwester verdingte sich als Wäschefrau für die Legionäre. Da sie die Schwester eines Kameraden war, war sie vor Nachstellungen der anderen Soldaten sicher.

Skiril marschierte neben dem König her. Dolori deckte sie rechte Seite des Königs. Hinter ihnen marschierten die Zauberjäger. Das Klirren ihrer Kettenhemden und Waffen kündigte ihren Marsch an und wurde von den Stadtmauern als Echo zurückgeworfen. Die Zwergenrotte bildete mit Eisenarsch die Vorhut der Armee. Niemand hätte sie jetzt aufhalten können.

Krok

„Hier ist es." Buliius hatte sie in eine Kammer geführt. In der Mitte des Raumes lag ein Mühlstein. „Darunter befindet sich ein Zugang zum unterirdischen Bereich des Palastes. Ihr müsst den durchfluteten Gang entlangtauchen und könnt dann in einem See auftauchen."

Mit vereinten Kräften schafften sie es, den Mühlstein zur Seite zu schieben. Darunter schwappte dunkles Wasser.

„Wer garantiert mir, dass wir dabei nicht elendig absaufen?" Krok schaute auf den Mühlstein.

Buliius zuckte mit den Schultern. „Ihr müsst mir schon vertrauen."

„Ich habe eine bessere Idee." Züleyha zog sich die Stiefel aus. „Du kommst mit uns."

Die Proteste des Sekretärs wurden ignoriert und so machten sich alle für das nasse Abenteuer bereit.

Villiuc wünschte ihnen Glück und bewachte mit einem weiteren Legionär den immer noch ohnmächtigen Zadara und den Raum. Den Magier hatten sie gefesselt und geknebelt, damit er keinen Alarm schlagen konnte.

Züleyha tauchte als erste in das kalte Wasser und schnappte nach Luft. „Verflucht kalt."

Krok schob den Sekretär vor sich her. „Los, jetzt du. Dann habe ich dich im Auge." Er hatte sein Hemd abgestreift und stand mit nacktem Oberkörper vor dem schmalen Mann, der jetzt mit bleichem Gesicht in das Wasser stieg.

„Tief Luft holen, wir wissen nicht, wie weit wir schwimmen müssen." Züleyha blähte sich auf und atmete tief ein.

Krok und Buliius taten es ihr nach. Nachdem sie dreimal tief ein- und ausgeatmet hatten, tauchten sie unter.

Neben der Kälte, die Krok sofort in die Knochen kroch, störte ihn die Dunkelheit, die sie umgab. Er konnte gerade einmal die Beine des Sekretärs vor sich sehen, Züleyhas Gestalt konnte er nur erahnen. Weit bevor ihm die Luft ausging wurde es über ihnen heller und sie tauchten auf. Nachdem ihre Köpfe die Wasseroberfläche durchstoßen hatten, strömte faulige Luft in seine Lungen. Aber er konnte nicht wählerisch sein.

Gadah

Ein Geräusch schreckte ihn auf. Er musste eingeschlafen sein. Die Erschöpfung seiner Verletzung und die Anspannung hatten ihren Tribut gefordert.

Atriba lag schlafend neben ihm. Sie war blass, wirkte aber lebendiger. Ihr Atem ging gleichmäßig. Etwas anders hatte ihn aufgeweckt. Ruhig blieb er liegen und lauschte. Leise Schritte kamen näher.

Gadah sprang auf und erblickte eine große Gestalt vor sich. Einer dieser Missgeburten war zurückgekehrt!

Entschlossen wagte er einen Ausfallschritt und stach mit seinem Messer nach der Gestalt, die er nur verschwommen wahrnehmen konnte. Erstaunt schrie sein Gegner auf und wehrte seinen Angriff ab.

„Hör auf, verdammt."

Gadah stach noch einmal nach der Gestalt, aber er war zu langsam. Sein Gegner bekam sein Handgelenk zu fassen und entwand ihm seine Waffe.

„Gadah, komm zu dir. Ich bin es, Krok!"

Krok? Sein Blick klärte sich und er sah seinen Freund, der sein Handgelenk mit eisernem Griff festhielt.

„Bist du wieder bei dir?" Krok schaute ihm in die Augen.

„Ja", krächzte Gadah verlegen. Der Griff um sein Handgelenk lockerte sich und er zog seinen Arm zurück. „Ich habe dich nicht erkannt. Tut mit leid."

„Schon gut." Krok sah sich um. „Hast du dieses Gemetzel hier veranstaltet?"

Gadah schaute sich an und erblickte die Blutlachen und Leichen. „Ja. Es ging nicht anders."

„Kann ich mir denken." Krok deutete auf Atriba. „Was ist mit ihr?"

„Ihr geht es nicht gut."

„Das sehe ich. Aber die Frage ist, kann sie mit uns kommen?"

Sein Gehirn fing langsam wieder an zu arbeiten. „Wieso bist du überhaupt hier?"

„Lange Geschichte. Züleyha war der Meinung, wir sollten dich befreien." Krok grinste ihn an.

„Sie ist auch hier? Also gibt es doch einen Ausgang?"

„Ja, und was für einen." Der ehemalige Gladiator dachte an das trübe Wasser zurück, durch das sie durch mussten. „Züleyha sucht in einem anderen Gang mit Buliius, dem Sekretär des ersten Magiers."

„Zadara", knurrte der Blutlord. „Wenn ich ihn wiedersehe, werde ich ihn töten." Sein Blick fiel auf Atriba und er dachte an das, was man ihr angetan hatte.

„Zuerst müssen wir hier heraus. Ich finde den Ort etwas ungastlich."

Sie hörten Schritte und drehten sich um. Züleyha näherte sich mit dem schmalen Sekretär.

„Du lebst", rief sie und lief auf Gadah zu. Dann schloss sie ihn in die Arme.

Gadah drückte sie kurz. Sein Verstand klärte sich. „Vielen Dank, dass ihr euch hierhin gewagt habt."

„Gern geschehen. Bist du kräftig genug oder muss ich dich und die Botschafterin tragen?" Krok hob Atriba mitsamt der Decke hoch und schwieg, als er bemerkte, dass sie darunter nackt war. Weder seiner Frau noch dem Sekretär war es aufgefallen. Behutsam legte er sich die rothaarige Magierin über die Schulter.

„Jetzt zurück zum See. Ich will so schnell wie möglich wieder an die Oberfläche zurück." Züleyha trieb die Männer voran und eilte mit ausladenden Schritten voraus.

Skiril

Mit Freude ließen die Zauberjäger ihre Kameraden am eroberten Stadttor passieren und einige der neu eingetroffenen Legionäre verstärkten den kleinen Trupp am Stadttor.

„Zum Palast", rief Norderstedt und marschierte voran. Im Gleichschritt marschierten die Zauberjäger hinter ihm her.

Die Stadtbewohner flüchteten in ihre Häuser und verriegelten ihre Haustüren. Sie wussten nicht, welche Gefahr dort auf sie zukam. Kinder weinten, Frauen schrien und Männer fluchten.

„Lasst die Bevölkerung in Ruhe. Sie sind nicht unsere Feinde." Skiril rief es über die Schulter hinweg und sein Befehl wurde weitergegeben.

„Liktor, ich führe das Kommando" erboste sich Norderstedt.

„Solange ich Centurio bin, kann ich Befehle erteilen", gab Skiril zurück und fing sich einen bösen Blick von Dolori ein. Wenn Norderstedt sich zum Kaiser ausgerufen hatte, würde er mit Sicherheit für seine Frechheit büßen müssen, aber das war ihm jetzt egal. Sein Eid befahl ihm, die Menschen dieses Landes zu beschützen, und niemand hatte ihn davon entbunden. Der Hund lief im Schritt neben ihm her und sah ihn an. Es gefiel ihm, wieder in einer Stadt zu sein.

„Wenn du Glück hast, schläfst du bald wieder unter einem Dach", zwinkerte Skiril dem Hund zu.

Als der Palast in Sicht kam, trafen sie auf die ersten Stadtsoldaten.

„Halt", rief ein junger Centurio und stellte sich mit einem Dutzend Männern in ihren Weg.

„Zur Seite", fauchte Norderstedt ihn an.

Der Centurio leckte sich die Lippen und wurde blasser, als er die Schwarze Legion auf sich zumarschieren sah. Er gab seinen Männern ein Zeichen und sie gaben den Weg frei.

„Laufschritt", schrie Norderstedt und alle folgten ihm. Sie mussten das Palasttor erreichen, ehe es den Wachen gelang, das Tor zu schließen.

Skiril hörte gebrüllte Befehle und vor ihnen marschierte eine Gefahr auf. Die Palastwachen bezogen Aufstellung. Schwer gerüstet stellten sie sich dem König und den Zauberjägern in den Weg und bildeten eine Schlachtreihe.

„Zwergenrotte, Schusslinie bilden", rief Eisenarsch, ohne auf einen Befehl zu warten.

Die Zwerge nahmen Aufstellung und brachten ihre Gewehre in Anschlag.

Beide Seiten belauerten sich einen Augenblick.

„Macht den Weg frei", rief Norderstedt. „Ich will einen Verräter im Palast dingfest machen."

Und mich zum Kaiser ausrufen, fügte Skiril im Gedanken hinzu.

„Niemals. Ihr seid die Verräter und könnt hier keine Befehle erteilen. Nur der oberste Magier kann uns derzeit Befehle geben."

Skiril zog seinen Morgenstern und bereitete sich auf das Kommende vor.

„Ich bin König Norderstedt. Ich habe jedes Recht, in dieser Stadt zu befehlen."

Skiril sah, dass im Palasthof Armbrustschützen Stellung bezogen.

„Vorsicht", zischte er dem König zu.

Norderstedt nickte den Zwergen zu.

„Anlegen", brüllte Eisenarsch.

Die Zwerge hoben ihre Gewehre an die Schultern und zielten sorgfältig.

„Feuer", schrie der weißhaarige Zwerg und die Gewehre entluden sich krachend.

Die Zwerge hatten auf die Armbrustschützen gezielt und viele von Ihnen fielen getroffen um. Einige blieben auf den Beinen und schossen ihrerseits ihre Bolzen ab.

Dann brach die Hölle los.

Krok

So schnell sie konnten, liefen sie den Gang zum See entlang.

Gadah und Atriba hatten sich nicht weit von dem See befunden. Deswegen hatte er die beiden schnell gefunden.

Züleyha und Gadah waren voraus, warfen aber ab und an einen Blick auf Krok, der die Botschafterin trug. „Geht es?", fragte Züleyha.

„Geh weiter, sonst überhole ich dich noch."

Kroks Herz klopfte. Er wurde langsam zu alt für solche Abenteuer. Buliius folgte ihnen und blickte sich fortwährend ängstlich um.

Am See angekommen legte er Atriba vorsichtig auf den Boden und verschnaufte auf den Knien.

Flatternd hoben sich die Augenlider der Frau. „Wo... was..."

„Sch..." Gadah kniete sich neben sie und lächelte sie an. „Bleib ruhig. Züleyha und Krok helfen uns wieder an die Oberfläche zu kommen."

Atriba schluckte und hob den Kopf. „Danke", murmelte sie.

Krok zog sein Hemd aus und gab es ihr. „Damit es nicht so kalt ist."

Dankbar nickte sie ihm zu und zog es unter der Decke an.

„Und was jetzt?" Gadah sah sich fragend um.

„Wir müssen durch einen überfluteten Gang tauchen", erklärte Züleyha. „Schaffst du das?", wandte sie sich an Atriba.

„Ich fühle mich zumindest besser. Ich bin aber nie eine gute Schwimmerin gewesen."

„Wir tauchen zusammen." Gadah entledigte sich seines Kettenhemdes und seiner Stiefel.

Buliius deutete auf den See. „Schaut doch."

Atriba warf ihm einen bösen Blick zu, schwieg aber.

Krok stand auf und schaute auf die brodelnde Wasseroberfläche und sah, wie etwas untertauchte.

„Was war das?" Krok kniff die Augen zusammen und starrte aufs Wasser.

„Wir müssen weiter. Ich weiß nicht, wie lange die Zauberjäger im Palast alles unter Kontrolle halten."

Gadah schaute Züleyha an. „Heißt das, dass ihr in den Palast eingedrungen seid?"

„Ja, und sie hat Zadara als Geisel genommen. Wenn es dunkel geworden ist, marschieren die restlichen Zauberjäger in den Palast und holen uns heraus." Krok schaute immer noch auf den See und versuchte, in den leichten Wellenbewegungen etwas zu erkennen. „Dort draußen ist etwas", murmelte er.

Kaum, dass er es gesagt hatte, stieg etwas aus dem Wasser. Dick wie ein Männerleib und blauschwarz schimmernd.

„Eine Seeschlange." Bulius wich zurück.

„Wie sollen wir an der vorbeikommen? Ich glaube kaum, dass sie uns ungehindert wieder passieren lässt." Züleyha hatte auf ihren Ausflug nur zwei Wurfmesser mitgenommen, welche sie jetzt in der Hand hielt. Zuviel Gewicht hätte sie beim Tauchen umgebracht.

„Damit wirst du nichts ausrichten können." Krok drehte sich um und lächelte sie an. „Grüß Zara von mir."

„Krok?" Die ehemalige Leibwächterin streckte die Hand nach ihrem Mann aus, aber der rannte schon auf den See zu und sprang beherzt hinein. Im Sprung klappte er bereits die Messer seiner Metallhand aus.

Züleyha

Sie stand einen Augenblick regungslos da und sah, wie Krok im dunklen Wasser des Sees verschwand.

„Züleyha?" Gadah legte ihr die Hand auf die Schulter.

„Ja, wir müssen weiter. Krok wird die Schlange aufhalten und wir können zurückschwimmen." Sie stieg langsam ins Wasser. „Haltet euch dicht hinter mir, sonst verlieren wir uns."

Gadah half Atriba und drückte sie an sich.

Nacheinander stiegen sie in das trübe Wasser. Züleyha übernahm die Führung und hielt sich abseits der Stelle, an der sie die Seeschlange gesichtet hatten. Solange Krok sie beschäftigte, würden sie unbehelligt bleiben.

Als sie an der Stelle waren, an der sie tauchen mussten, hielt sie an und warf einen Blick zurück. Atriba hielt sich großartig. Buliius keuchte hörbar. In der Mitte des Sees sprudelte das Wasser auf und für einen Moment war der Schwanz der Schlange zu sehen.

Sie konnten nicht länger warten. „Holt tief Luft und folgt mir." Züleyha atmete tief ein und tauchte dann ab. Langsam suchte sie sich ihren Weg zurück durch den überfluteten Gang.

Krok

Zunächst sah er die Hand vor Augen nicht, dann klärte sich sein Blick und er konnte Schemen erkennen. Felsen ragten vom Grund des Sees empor und verdeckten ihm die Sicht. Als seine Lungen brannten, tauchte er auf und holte Luft. Er sah, wie Gadah mit Atriba untertauchte.

Jetzt muss ich die Schlange aufhalten, dann schaffen sie es, dachte er und tauchte wieder.

Nicht einen Moment zu früh. Er sah noch einen Kopf auf sich zuschießen und hielt dem Tier seinen eisernen Unterarm hin. Der Kiefer der Schlange schnappte danach, zuckte aber zurück, als sie merkte, dass sie auf Widerstand traf.

Krok bleckte die Zähne und Luftblasen stiegen aus seinem Mund.

Die Schlange wechselte ihre Taktik und warf ihren Leib gegen Krok, der sie zwar mit seinen Klauen erwischte, aber dem die Luft aus den Lungen gedrückt wurde.

Gadah

Keuchend tauchte er auf und sog die Luft in seine Lungen. Atriba tat es ihm nach und hielt sich am Rand des Loches fest.

Züleyha zog sich mit letzter Kraft heraus und blieb auf dem Rücken liegen.

Villiuc streckte die Hand aus, um Atriba aus dem Wasser zu helfen. Dankbar nahm sie die dargebotene Hand an.

Gadah blieb im Wasser. Buliius blieb aber aus. Der Sekretär hatte es nicht geschafft und war ertrunken.

„Blutlord, es tut gut, dich unversehrt zu sehen." Villiuc streckte die Hand aus und wollte ihm aus dem Wasser helfen aber Gadah schüttelte den Kopf.

„Gib mir deinen Schwertgurt, Centurio."

Der Offizier hielt inne. „Wir brauchen dich hier, Herr." Villiuc schien zu erraten, was Gadah vorhatte.

„Und ein Freund braucht mich ebenfalls. Bekomme ich deine Waffe?"

„Gadah, nicht." Atriba berührte seine kalte Hand, während er den Schwertgurt des Centurios entgegennahm.

„Mach dir keine Sorgen. Villiuc wird sich um euch kümmern."

„Lass ihn, Atriba. Wir werden ihn nicht zurückhalten können, oder?" Züleyhas Blick war ernst.

„Richtig." Gadah schnallte sich das Schwert auf den Rücken und hielt einen Augenblick inne. Dann zog er Atribas Gesicht zu sich und küsste sie auf den Mund. „Ich komme wieder", sagte er zum Abschied und verschwand im Wasser.

Krok

Die Schlange blutete aus einer tiefen Wunde am Rücken und trübte das Wasser noch mehr ein.

Er hatte es geschafft, den Kopf kurz über Wasser zu bekommen und Luft zu holen, bevor seine Gegnerin ihn wieder in die Tiefe gezogen hatte.

Mit aller Kraft versuchte das Tier ihn unter Wasser zu halten, während er seine Klingen in den Leib der Schlange rammte.

Über ihm tauchte ein zweiter, langgezogener Schatten auf und kreuzte sein Blickfeld.

Eine zweite Schlange! Es gab zwei von den Biestern.

Krok wurde schwindelig und er merkte, wie seine Lungen anfingen zu brennen. Er wand sich aus der tödlichen Umarmung und stieß in Richtung Wasseroberfläche vor.

Gadah

Der Weg zurück schien ihm nicht so lang zu werden, wie vorhin. Nach dem Gang tauchte er auf und holte sich frische Luft. In der Mitte des Sees sprudelte es wie wild und er konnte sehen, dass das Wasser rot gefärbt war. Die Hälfte der Distanz kraulte er, dann tauchte er ab und sah Krok, wie dieser von zwei Seeschlangen umkreist wurde. Eines der Biester blutete und bewegte sich langsamer. Aber auch Krok schien erschöpft zu sein und drehte sich hektisch im Wasser, darauf bedacht, sich keine Blöße zu geben.

Gadah zog die Klinge und hielt auf die Stelle zu, wo der Kampf stattfand. Er hatte Glück. Da beide Schlangen auf Krok fixiert waren, bemerkten sie ihn nicht und er konnte sich unbemerkt nähern. Das Gewicht der Klinge wollte ihn zwar in die Tiefe des Wassers ziehen, aber er hielt dagegen und bewegte sich, mit beiden Füßen strampelnd auf die Schlange entgegen, die ihm am nächsten war.

Krok

Er spürte das Brennen in seinen Lungen und sah gleichzeitig, dass die Schlangen ihm den Weg an die Wasseroberfläche abschnitten. Er blutete aus einem Kratzer am Bein und wurde müde, seine Bewegungen langsamer.

Mit letzter Kraft schlug er nach der größeren der beiden Schlangen und erwischte sie über dem Auge. Krok sah die Schmerzen im Auge des Tieres aufflackern.

Plötzlich bohrte sich ein Schwert in den Schädel der Schlange. Das Tier erschlaffte und sank zum Boden des Sees. Krok nutzte die Gelegenheit, schwamm an die Wasseroberfläche und durchstieß sie mit dem Kopf. Dankbar atmete er die Luft ein und er spürte, dass das Brennen in seinen Lungen nachließ. Nur ein Mensch war verrückt genug, ihm hierbei zu helfen. Er gönnte sich noch zwei tiefe Atemzüge und tauchte wieder herab.

Gadah wurde jetzt von der verbliebenen Schlange umkreist, die auf ihre Chance wartete, ihm den Arm abzubeißen. Schnell schwamm Krok auf die Schlange zu und nutzte die Gelegenheit, dem Biest seine Krallen in den Leib zu rammen. Diesmal zog er sie nicht wieder heraus, sondern drehte sie herum. Große Fleischbrocken wurden aus dem Tier gerissen, welches nun nach ihm schnappte. Gadah stieß seinerseits sein

Schwert nach vorne und erwischte die Schlange am Unterkiefer.

Sie wurden von blutigem Wasser umhüllt und Krok sah, wie die Schlange im Todeskampf zum Boden des Sees sank.

Dann schwammen die Männer gemeinsam nach oben. Gadah ließ sein Schwert los und zu Boden sinken, damit er beide Hände zum Schwimmen frei hatte.

Als Krok sich ans Ufer des unterirdischen Sees wuchtete, ging ihm ein Gedanke durch den Kopf: Noch am Leben!

Skiril

Die Salve der Zwerge fegte die feindlichen Soldaten von den Füßen. Einige ließen aufgrund der neuartigen Waffe der Zwerge ihre Schwerter und Bögen fallen und wollten sich zur Flucht wenden.

„Männer, vorwärts", brüllte Norderstedt den Zauberjägern zu und langsam rückten sie vor.

„Mut hat der Bursche, das muss ich ihm zugestehen", murmelte Skiril zu seinem Hund, der seine Ohren wachsam aufgestellt hatte und nach Bedrohungen Ausschau hielt.

Vereinzelte Pfeile und Armbrustbolzen flogen an ihnen vorbei und einige Zauberjäger wurden getroffen. Die Soldaten der Zaubervölker versammelten sich, um den Angriff abzuwehren, waren aber von der Heftigkeit des Ansturms überrascht.

Die Zwerge stürmten in die erste Reihe und feuerten ihre Pistolen in die Masse aus Verteidigern. Obwohl sie in der Überzahl waren, wichen die Soldaten zurück und machten so den Zauberjägern den Weg frei.

Skiril hatte auch seine Feuerwaffe gezogen und feuerte sie auf einen Mann, der ihn lauthals angreifen wollte. In der zweiten Hand hielt er seinen Morgenstern und fegte einen kleinen Soldaten von den Beinen, der ungeschickt sein Schwert nach ihm schwang.

Norderstedt trieb die Männer voran und schaffte es durch das Palasttor. Die Zauberjäger bildeten einen Keil um den Adeligen und gemeinsam kämpften sie sich weiter voran in den Palast.

Einige der feindlichen Magier wirkten ihre Magie, konnten aber die aufflammenden Schutzschilde der Zauberjäger nicht durchbrechen.

„Zauberjäger haltet das Palasttor", rief Norderstedt den Soldaten zu. Dann wandte er sich an Skiril. „Du, Dolori und die Zwerge begleiten mich." Der Adelige drehte sich um und marschierte in den Palast hinein, während Skiril den Befehl weitergab. Dann folgten die Auserwählten ihm.

Züleyha

„Komm schon, wir müssen wieder zurück. Die Kämpfe haben begonnen." Villiuc hatte sich neben sie gekniet.

„Ich warte, bis Krok und Gadah wieder auftauchen."

Hilflos sah der Centurio Atriba an.

„Züleyha", sagte die Botschafterin sanft. „Komm, es wird besser sein, wenn wir tun, was der Centurio sagt. Wir können nichts für sie tun."

Sie merkte, dass ihre Augen feucht wurden und ihr Blick sich verschleierte. Der Centurio griff ihr unter die Arme und zog sie auf die Beine.

Ein Legionär kam keuchend hereingerannt. „Herr, die Zauberjäger kämpfen die Palastwachen nieder. Ein Teil der Wachen hat sich bereits ergeben."

„Sehr gut. Züleyha, unser Plan ist aufgegangen." Villiuc zog sie sanft von dem Einstieg in den See weg und sah den Legionär an.

Sie wurden unterbrochen von einem Aufprusten. „Hey, ihr Arschlöcher, könnt ihr zwei alten Männern mal hier heraus helfen?"

„Krok", schrie Züleyha auf und stürzte auf ihren Gefährten zu. „Du lebst."

„Natürlich, was hast du denn gedacht." Krok küsste sie und wuchtete sich aus dem Wasser. „Gadah hat mich rausgehauen."

Gadah, der Blutlord, stemmte sich ebenfalls aus dem Wasser und grinste Krok zu. „War mal etwas vollkommen Neues. Sonst hilfst du mir immer aus der Scheiße."

Klatschnass und lebendig lachten die beiden Männer und klopften sich auf die Schulter.

Der anwesende Legionär meldete sich zu Wort. „Herr. Es ist noch etwas."

„Was gibt es, Soldat?"

„Die Männer, die den Palast erstürmen, werden von König Norderstedt angeführt."

„Sag das noch einmal", forderte Krok den Soldaten auf.

„Die Männer werden von König Norderstedt angeführt. Und er hat einen Haufen irrer Zwerge dabei, die mit Donnerrohren bewaffnet sind."

„Krok", sagte Gadah. „Ich glaube, wir gehen besser wieder in den See und suchen uns eine Seeschlange, mit der wir uns wieder herumschlagen können."

Skiril

Im Palast trafen sie nur auf schwachen Widerstand. Die meisten Palastwachen befanden sich im Innenhof und wurden nach und nach von den Zauberjägern überwältigt.

Die Zwerge hatten ihre Schusswaffen mittlerweile wieder nachgeladen und waren bereit, jeden niederzumachen, der sie angreifen würde.

„Bis hierhin haben wir es geschafft. Was nun?" Skiril sah sich in dem prächtigen Palast um und achtete darauf, dass ihnen keiner in den Rücken fallen konnte.

„Wir müssen Zadara finden und ihn in unsere Gewalt bringen."

„Wenn ich den Offizier vorhin richtig verstanden habe, wollten diese Züleyha und dieser Krok dies bereits tun."

„Ich weiß. Und ich will ihn haben. Nur dann können wir die anderen Adeligen dazu zwingen, mir zu folgen."

Ein ungutes Gefühl bemächtigte sich seiner. „Und dann?"

„Das geht dich nichts an, ich werde dich nicht in jeden Teil meines Planes einweihen. Du kannst aber deinen alten Posten wiederhaben, wenn ich die Macht in Händen halte." Dolori beobachtete regungslos den Dialog der beiden Männer.

„Wir schlagen uns zum Thronsaal durch. Dort werden wir sicherlich auf die anderen treffen." Norderstedt wandte sich an Eisenarsch. „Deine Männer sollen hier Stellung beziehen und uns den Rücken sichern."

„Gut." Eisenarsch wandte sich an die Rotte. „Ihr habt es gehört. Richtet euch hier ein und bringt alles um, was nicht auf unserer Seite ist oder sich nicht ergibt. Ich gehe mit dem König."

Eine Türe sprang auf und überrascht blickten alle in die Richtung. Große schlanke Gestalten mit roten Augen kamen hereingestürmt.

„Dunkelelfen", schrie Eisenarsch.

Die Rotte richtete ihre Gewehre aus und zogen die Abzüge durch. Die Salve schlug in die herannahenden Feinde ein und einige von ihnen wurden zu Boden gerissen. Anderen wurden

Glieder abgerissen. Aber aufhalten konnten sie den Ansturm nicht.

„Los, zum Thronsaal. Die Rotte wird die Dunkelelfen beschäftigen." Eisenarsch drängt Norderstedt weiter und nickte seinem Sohn, der mit seinen Kameraden Aufstellung bezogen hatte, zum Abschied zu. Skiril bemerkte die Sorge im harten Gesicht des Zwerges.

Die nächste Salve an Kugeln wurde den Dunkelelfen entgegengeschleudert, die ihrerseits versuchten, ihre Magie anzuwenden. Da die Zwerge durch Amulette geschützt wurden, konnte sie ihnen aber nichts anhaben.

„Für die Rotte, bis in den Tod", schrie der Rottenführer und zog seine Axt.

„Für die Rotte, bis in den Tod", nahmen seine Männer den Schlachtruf auf und gemeinsam stürmten sie mit gezogenen Äxten den Feinden entgegen.

Sie ließen die Zwergenrotte zurück und liefen nun in Richtung des Thronsaals, der in der Mitte des Palastes lag. Skiril hoffte, dass sie dort auf die Leibwächter treffen würden.

Gadah

Villiuc trat die Türe zum Thronsaal auf und gemeinsam marschierten sie hinein. Atriba trug Kroks Hemd, was ihr bis zu den Knien reichte. Sie war schwach, hielt sich aber auf den Beinen. Den Metallring, der sie ihren Kräften beraubte, hatten sie ihr noch nicht abnehmen können, das würde ein Schmied machen müssen.

Gleichzeitig mit ihnen traf Norderstedt mit dem Liktor und Dolori im Schlepptau ein.

„Da sind ja alle beisammen", rief Norderstedt. „Meine Zauberjäger erobern zu diesem Zeitpunkt den Palast. Wo ist Zadara?" Die Frage war an Züleyha gerichtet.

„Herr, wir haben ihn in unserer Gewalt." Züleyha sah dem König fest in die Augen.

„Dann übergebt ihn mir. Ich kann ihn als Geisel benutzen und den Adelsrat unter meine Kontrolle zwingen. Sie werden nicht sein Leben riskieren. Ich gehe davon aus, dass er unversehrt ist?"

„Er hat jetzt etwas weniger Auswahl, mit welchem Finger er sich in der Nase bohren will, aber ansonsten ist er unversehrt", erwiderte Krok gelassen.

Norderstedt lief rot an. „Wagt es nicht ihn noch einmal anzurühren. Der Mann wird unser Verbündeter werden."

„Der Mann ist ein Verräter und hat mit den Dunkelelfen gemeinsame Sache gemacht. Eigentlich hätten wir ihm mehr abschneiden müssen, als einen Finger." Krok lächelte den Adeligen humorlos an.

„Ich bin der König und du wirst mir gehorchen." Norderstedts Blick verdüsterte sich und ein wütender Ausdruck bemächtigte sich seiner.

„Eine Frage", mischte sich Gadah ein. „Was hast du vor, wenn wir dir Zadara übergeben?"

Der König bemerkte den Blutlord jetzt erst. „Auferstanden von den Toten, Gadah? Meine Leute haben dich jahrelang vergeblich gesucht. Ich bin dir zwar keine Rechenschaft schuldig, aber ich verrate es dir trotzdem. Wir müssen die Adeligen des Nordes zwingen, mir zu folgen. Wenn ich Kaiser bin, kann ich mit den Dunkelelfen verhandeln und ihnen ein Stück unseres Landes anbieten, damit sie Frieden schließen."

„Noch mehr Intrigen", stöhnte Krok auf.

„Es wird dir nicht gelingen", sagte Atriba ruhig. „Die Zwerge werden dir nicht folgen und die Adeligen ebenfalls nicht."

„Dann muss ich sie zwingen, die Zauberjäger, werden mir helfen."

„Die Zauberjäger werden dir nicht helfen." Gadahs Stimme war ein scharfes Schwert, was durch den Raum schnitt.

„Gadah hat recht. Du bist verantwortlich für die Scheiße hier. Wenn du mit König Goldfuß und der Kaiserin gesprochen hättest, anstatt ihnen alles zu verheimlichen, dass du das Portal entdeckt hast, hättest du sie um Hilfe bitten müssen. Eine Entdeckung dieses Ausmaßes hättest du der Kaiserin offenbaren müssen. Niemals hättest du die Männer in die Schwarze Legion zwingen dürfen. Du hast das Blut der Männer verändern lassen, damit sie deinen Interessen dienen." Krok wurde lauter und er ging einen Schritt auf den König zu.

„Weg von mir", schrie Norderstedt und sah Dolori an.

„Bleib, wo du bist", befahl Skiril der Frau, die zögernd gehorchte, nachdem Skirils Hund sie anknurrte.

„Bist du jetzt auch gegen mich, Centurio?", fauchte Norderstedt den Liktor an.

„Ich war nie für dich." Skiril blickte Gadah, der lebenden Legende in die Augen. „Wer sagt uns denn, dass du nicht mehr unter dem Einfluss der Dunkelelfen stehst und du unser Land nicht vollkommen zugrunde richten willst?"

„Ich bin der König und ihr werdet mir jetzt gehorchen, sonst lasse ich euch von der Zwergenrotte exekutieren."

Eisenarsch, der bislang geschwiegen hatte, lachte trocken auf. „Die Zwergenrotte gehorcht dir nicht, sie war zu deinem Schutz gedacht, aber niemals sollte sie dir gehorchen. Auch meine Herren trauen dir nicht weiter, als sie Pissen können."

„Du wirst niemanden mehr exekutieren lassen." Gadah zog eines von Züleyhas Messern und warf es dem König mitten ins Herz.

Mit ungläubigem Blick schaute Norderstedt den Blutlord an. „Du...", konnte er sagen, dann sackte er leblos zusammen.

Bevor irgendjemand etwas sagen konnte, flog eine Türe auf und drei Zwerge der Rotte stolperten hinein. „Die Dunkelelfen kommen, es waren zu viele für uns."

„Dann kämpfen wir jetzt zusammen, mein Sohn", sagte der weißhaarige Zwerg und zog seine Axt.

„Wir können nur hoffen, dass die Zauberjäger schnell genug zu uns stoßen", sagte Krok und stellte sich neben die Zwerge, die hektisch ihre Pistolen nachluden.

Stiefel trampelten auf dem Boden und dann stürmten die Dunkelelfen auf sie zu.

Gundra

Der Kommandant hatte sie rufen lassen und wartete im Innenhof der Festung auf sie.

Faharin hatte sie begleitet und blieb abseits von Odihin und ihr stehen.

„Deine Freunde sind an der ersten Station angekommen. Jarahin hat mir eine Nachricht geschickt."

„Das ist gut." Gundra sah den großen Elfen an. „Wie könnt ihr denn in Kontakt bleiben?"

„Wir haben auch einige magischen Spielereien", zwinkerte der Kommandant ihr zu und wirkte nicht mehr so hart, wie er sonst tat. Dann wurde er wieder ernst. „Ich habe dich aber wegen etwas anderem rufen lassen."

Die Schwester sah ihn skeptisch an. „Sprich frei heraus."

„Wir haben erfahren, dass es einen Verräter und Spion der Dunkelelfen unter uns gibt und mit deinen Freunden auf die Reise gegangen ist."

„Wer ist es denn?"

Odihin schaute in den Himmel und atmete tief durch. Es war ein kühler, angenehmer Morgen und die Antwort des Elfen umso schlimmer. „Wir wissen es nicht."

„Aber...", setzte Gundra an.

Der Kommandant hob eine Hand, um sie zu unterbrechen. „Wir haben einen toten Soldaten gefunden. Er hatte den Dolch eines Kameraden im Rücken."

„Woraus schließt du, dass der Mörder jemand sein muss, der die Expedition begleitet? Genauso könnte es jemand sein, der noch hier in der Festung ist."

Der Kommandant schüttelte den Kopf. „Jeder Soldat der Inquisitoren erhält nach seiner Aufnahme einen Dolch, den er sein Leben lang bei sich trägt. Es gibt keinen Ersatz. Und hier in der Festung hat jeder meiner Männer mir seinen Dolch zeigen können."

„Das bedeutet, dass der Verräter seinen Dolch nicht mehr bei sich trägt."

„Du hast es erfasst. Und jetzt kommst du ins Spiel."

Gundra legte den Kopf in den Nacken und wartete gespannt.

„Du wirst mit Faharin der Expedition folgen und Jarahin darüber informieren, dass es einen Verräter unter seinen Leuten gibt."

„Warum schickst du ihm nicht eine magische Nachricht?", wollte Gundra wissen.

„Weil die Nachricht nicht unbedingt Jarahin als erstes zu Gesicht bekommt. Du wirst allerdings eine Begründung brauchen, warum du ihnen gefolgt bist, sonst schöpft der Verräter sofort Verdacht."

Eine Stunde später sattelte Faharin ihre Fluglöwen. „Ein Verräter unter den Inquisitoren, das ist unglaublich", brabbelte der Elf vor sich hin.

„Wissen deine Frau und Kinder eigentlich, wo du bist und was du tust?", wollte Gundra wissen.

„Ja. Meine Frau versteht es und weiß, dass wir alle unter die Herrschaft der Dunkelelfen fallen, wenn wir keinen Widerstand leisten. Ich bin kein Soldat, nur ein einfacher Waldläufer, aber jeder kämpft auf seine Weise."

Gundra dachte über die Worte des Elfen nach.

„Was ist mit dir?"

„Wie meinst du das?"

„Gibt es einen Mann in deinem Leben? Kehrst du zu jemandem zurück, wenn du es nach Hause schaffst?"

Sie überlegte einen Moment. „Ich lebe keusch. Ich kehre in den Schoß meines Ordens zurück und hoffe, dass wir meine Heimat wieder neu aufbauen können."

„Das heißt, dass du noch niemals bei einem Mann gelegen hast?"

„Ja."

„Dann hast du im Leben etwas verpasst", stellte der Elf trocken fest.

„Unser Orden strebt die Reinheit seiner Mitglieder an. Jede von uns soll sich auf ihre Aufgabe konzentrieren."

Faharin hielt inne. „Wer sagt das?"

„Unser Glauben. Mein Glauben."

„Denkst du, deine Götter haben dir Brüste gegeben, um zu kämpfen und einen Schoß, um ein Schwert zu halten? Ihr Frauen könnt etwas, was wir Männer nicht können. Ihr schenkt neues Leben. Jede von euch sollte es als Geschenk begreifen und sich nicht ihrer Natur verweigern."

„Aber es gibt auch Frauen bei den Inquisitoren. Sie kämpfen auch."

„Ja, aber nur bis sie ein Alter erreicht haben, in dem sie Kinder wollen. Dann verlassen sie die Armee und suchen sich einen Mann, mit dem sie Nachwuchs zeugen."

„Sie kämpfen dann nicht mehr?"

„Nur noch für ihre Kinder und ihren Mann. Sie kämpfen am Bett ihrer Kinder, wenn sie Fieber haben und sorgen dafür, dass sie irgendwann alleine in die Welt gehen können, um es ebenso zu machen, wie ihre Eltern." Faharin sah sie an. „Gibt es einen Mann, mit dem du gerne zusammenliegen würdest?"

Gundra lief rot an und der Elf grinste. „Eventuell, aber er ist ein Idiot."

„Wenn Männer sich offenbaren, sind sie immer Idioten. Ihr Frauen seid diejenigen, die darüber bestimmen, mit wem sie zusammenliegen. Ein Mann ist nicht unbedingt wählerisch."

Gundra stöhnte auf, sagte aber nichts mehr und hoffte, dass sie Skiril wiedersehen würde.

Gadah

Er sah aus dem Augenwinkel, wie der Liktor und die Zwerge ihre Pistolen abfeuerten und drei Dunkelelfen getroffen zu Boden gingen. Ihre Kameraden stiegen über sie hinweg und kamen nun langsamer mit gezogenen Schwertern auf sie zu.

„Breit aufstellen, dann können wir sie zurückhalten, bis die Zauberjäger eintreffen", rief Gadah und hob das Schwert des toten Norderstedts auf. Er ordnete sich in der Mitte der Schlachtreihe ein. Neben ihm standen Villiuc und die Zwerge. Zu seiner linken Seite Krok und Züleyha. Atriba war neben dem toten Norderstedts verharrt. Sie würde ohne ihre Magie nicht in den Kampf eingreifen können und er war froh, dass sie vernünftig genug war, sich zurückzuhalten.

„Für die Rotte, bis in den Tod", rief Eisenarsch und schwang seine schwere Axt in Richtung des ersten Elfen, der ihm zu nahe kam. Mit aufgeschlitzter Bauchdecke und herausquellenden Gedärmen ging der Elf zu Boden.

Dann hatte Gadah keine Zeit mehr, sich auf die anderen zu konzentrieren, sondern musste um sein eigenes Leben kämpfen.

Er parierte mit seinem Schwert den wütenden Hieb, der ihm den Kopf abgeschlagen hätte und stach seinerseits nach dem Angreifer, der zwar getroffen wurde, aber nicht zu Boden ging. Sofort hieb der nächste Elf auf ihn ein und er musste ausweichen. Auch seine Kampfgefährten hatten alle Hände voll zu tun.

Krok

Er fühlte sich von seinem Kampf mit den Seeschlangen noch geschwächt, aber dies musste er jetzt ignorieren und seine Haut verteidigen. Züleyha ließ ihre Messer an ihm vorbei fliegen und war zielsicher wie immer. Die Elfen waren schwer gerüstet, aber jede Rüstung hatte einen Schwachpunkt. Bei den Elfen war es das Helmvisier.

Kroks tödlichen Klingen durchdrangen einen Halsschutz und zerschnitten wichtige Blutgefäße. Gleichzeitig nahm er dem Elfen das Schwert aus der erschlaffenden Hand und wog es kurz in der Hand. Er war ein Kurzschwert gewöhnt, aber für diesen Kampf musste er mit der ungewohnten Waffe klarkommen.

Ein Elf sprang auf ihn zu und erkannte, dass Krok mit der Klinge nicht vertraut war. Eine schnelle Folge von Hieben konnte er nur mit Mühe parieren, aber er schaffte es, die Deckung des Elfen zu durchbrechen. Bevor er einen tödlichen Hieb landen konnte, wurde ihm der Boden unter den Füßen weggerissen. Der Elf hatte einen schnellen Luftzauber gewirkt und gegen seine Beine losgelassen. Krok war nach hinten geschleudert worden und hielt die Klinge über den Kopf, um sich zu schützen. Der Elf war mit der Waffe aber vertrauter als Krok und prellte ihm die Klinge aus der Hand.

Siegessicher hob der Dunkelelf sein Schwert und Krok sah die Vorfreude auf den Todesstoß in den Augen des Elfen.

Luzil

Ihre erste Rast machten sie bei einer Baumgruppe, die von mannshohen Steinsbrocken umgeben war.

„Wir sind an einem sicheren Ort." Jarahin setzte sich zu ihnen und schaufelte sich aus dem Kessel über dem Feuer etwas von dem Eintopf in sein Essgeschirr. Die Elfen waren eine gut ausgerüstete Armee, befand Luzil. Sie hatten ausgezeichnete Waffen und waren gut ausgebildet. Außerdem waren sie mit ihrer magischen Begabung schlagkräftig.

„Was hat das zu bedeuten", fragte Luzil den Elfen zwischen zwei Bissen.

„Dieser Ort ist für andere Lebewesen unsichtbar. Nur wir Elfen und diejenigen, denen wir es erlauben, haben Zutritt und genießen unseren Schutz."

Jetzt wusste er auch, warum er und Isela ihr Amulett abnehmen sollten. Mit dem Amulett wären sie nicht von der Magie umwoben worden. Sie hatten die Augen während des Flugs offen gehalten und nach Feinden oder Besonderheiten Aussicht gehalten. Vereinzelt hatten sie kleine Drachen gesehen, die aber kehrtgemacht hatten, als sie die Elfeninquisitoren bemerkt hatten.

„Was wir uns an unserem Ziel erwarten?" Isela hatte ihr Essgeschirr von sich weggeschoben und die Beine unter den Körper gezogen.

Jarahin holte tief Luft und Luzil fiel auf, wie klar und sauber die Luft zu sein schien. „Es ist lange her, dass wir dort waren. Wir waren immer froh, diesen Ort nicht betreten zu müssen."

Luzils Narbe an der Augenbraue zuckte und sah den Elfen auffordernd an.

„Der Magier ist unsterblich. Er ist von einer alten Rasse, die sich in alle möglichen Orte zerstreut hat, nachdem sie niedergegangen ist. Er ist viel älter als wir Elfen und vielleicht auch älter, als der Ort, den er bewacht."

„Hört sich ziemlich mystisch an." Luzil beendete sein Abendessen ebenfalls und stopfte eine Pfeife.

„Manche von uns glauben, dass die alte Rasse göttlichen Ursprungs war und wir nur noch die unvollkommenen Nachfahren dieser Rasse sind."

Er fühlte sich an die Pvudir erinnert, die Rasse, deren Stadt sie zu ihrer neuen Hauptstadt gemacht hatten. „Ist der Magier euch freundlich gesonnen?"

„Er war es zumeist."

„Zumeist?" Isela wirkte irritiert.

„Jeder, der sein Reich betritt, muss sich Prüfungen stellen."

Luzil fühlte einen Knoten in seinem Magen. Bislang war auch alles viel zu einfach verlaufen.

Der Elf fuhr fort. „Nur diejenigen, die reinen Herzens sind, dürfen sein Reich betreten."

„Dann haben wir ja nichts zu befürchten."

Jarahin nickte ihnen zu und wandte sich seinen Leuten zu. Zwei Frauen waren unter den Soldaten. Luzil bemerkte, dass ihre männlichen Kameraden sie nicht anders behandelten als ihre Geschlechtsgenossen. Sie scherzten und lachten. Lediglich Krahir saß etwas abseits und unterhielt sich leise mit einem anderen Elfen. Luzil sah ihn erstmals ohne Helm und bemerkte in den roten Augen des Dunkelelfen ein Aufblitzen.

Gadah

Er sah wie Krok auf den Boden geschleudert wurde und im nächsten Augenblick sterben würde. Gadah stieß seinen derzeitigen Gegner von sich weg und sprang zwischen Krok und den Dunkelelfen, dem er die Schulter in die Rippen rammte. Schmerz explodierte in seiner Schulter, da er keine Rüstung trug und er gegen die Rüstung des Elfen prallte. Immerhin schaffte er es, dass sein Gegner von Krok abließ und mit der behandschuhten Hand nach seiner Kehle Griff.

Gadah tauchte ab und fühlte einen Schwertstreich auf seinem Rücken. Getroffen stöhnte er kurz auf und fühlte, wie warmes Blut über seinen Rücken lief. Er wirbelte herum und traf mit seiner Klinge die Halsbeuge des Dunkelelfen. Blut spritzte zur Seite und spritze Villiuc ins Gesicht. Der Centurio blutete bereits aus mehreren Wunden und hatte eine fahle Gesichtsfarbe.

Aus dem Augenwinkel sah er, wie Krok wieder auf den Beinen stand und wieder in den Kampf eingriff.

Dann kamen die Zauberjäger!

Sie griffen die überraschten Dunkelelfen von hinten an und machten sie erbarmungslos nieder.

Die Zwerge drängten nach und fochten ihren Kampf.

Gadah blieb zurück. Der Kampf war gewonnen. Er sah sich um und rieb sich müde die Augen. Dolori lag erschlagen und mit verdrehten Gliedern am Boden. Ihre rechte Gesichtshälfte fehlte und aus ihrer Brust ragte ein Elfenschwert. Villiuc lag ebenfalls tot auf dem Boden des Palastes, direkt neben Norderstedt. Was hatte er da nur getan? Er hatte den König ermordet.

„Herr?" Ein Zauberjäger stand neben ihm und schaute zu ihm heraus. „Herr, du blutest."

Gadah erinnerte sich daran, dass er einen Schwertstreich abbekommen hatte und bemerkte, dass immer noch Blut aus der Wunde lief.

„Nicht schlimm, Optio. Wie ist die Lage im Palast?"

Die Gestalt des Mannes straffte sich. „Wir haben den kompletten Palast unter Kontrolle. Die Palastwachen und die Dunkelelfeneinheiten sind entweder festgesetzt oder niedergemacht worden." Bei den letzten Worten zuckte ein Lächeln über das Gesicht des Mannes. Die Dunkelelfen waren in ihr Land eingefallen und hatten die Familien der Männer getötet. Nun haben sie gegen den Feind kämpfen können. Da Norderstedt sie der gleichen Behandlung hat unterziehen lassen wie Gadah selbst, waren sie nicht bei ihren Familien gewesen und hatten sie nicht beschützen können. Schon allein deshalb hatte Norderstedt den Tod verdient, sagte Gadah sich selbst.

„Bis auf die Wachen sollen alle Zauberjäger im Hof des Palastes antreten. Wir kommen gleich hinaus."

Der Optio salutierte kurz und wandte sich seinen Kameraden zu. „Ihr habt den Blutlord gehört. Alle Mann antreten. Die Verwundeten werden von Ihren Kameraden gestützt. Bewegung."

Gadah schmunzelte und bemerkte, wie sehr er die Legion liebte. Er wartete, bis die Zauberjäger den Saal verlassen hatten, und wandte sich dann seinen Gefährten zu.

„Du hast den König umgebracht", stellte Eisenarsch trocken fest und wischte sich etwas Blut von den Lippen.

„Weinst du ihm nach?", fragte Krok, der zu Gadah trat. „Danke. Du hast mir heute zweimal das Leben gerettet."

„Und du mir in der Vergangenheit auch mehrmals." Gadah winkte ab. Seine Gedanken kreisten um einen Gedanken, der in seinem Kopf reifte.

Züleyha stand bei Atriba und hatte ihr einen Arm um die Schulter gelegt. Die Frauen unterhielten sich leise. Gadah sah sie an und er wusste, was er zu tun hatte.

„Unser König ist heldenhaft in einem Gefecht gegen die Dunkelelfen gefallen. Er war ein Held." Seine Worte hallten durch den Raum und alle richteten ihre Aufmerksamkeit auf ihn.

„Wir stehen alle hinter dir", bekräftigte Züleyha. „Er hatte den Tod verdient. Er hat Elend und Not über die Menschen gebracht."

„Dann sei du uns eine bessere Königin", sagte Gadah.

Für einen Augenblick herrschte Stille.

„Hast du einen Schlag auf den Kopf abbekommen?" Krok lachte los, wurde aber schnell wieder ernst, als er Gadahs Blick sah.

„Ich bin klarer als jemals zuvor, Krok." Er ging auf Züleyha zu. „Sie ist eine verdiente Heldin unseres Landes und in ihr fließt königliches Blut."

„Gadah, du bist vollkommen verrückt", erwiderte Züleyha.

Atriba meldete sich zu Wort. „Nein, ist er nicht. Er hat recht. Wir haben keinen Anführer und du bist adeligen Blutes. Mit Gadah im Rücken, wird dir die Armee folgen und wir können ein Bündnis gegen die Dunkelelfen schmieden. Wir haben Zadara als Geisel und können somit mit dem Adelsrat verhandeln. Du hättest Diplomat werden sollen." Ihre letzten Worte waren an Gadah gerichtet und er sah in ihren Augen, trotz der vergangenen Geschehnisse, ihre Begeisterung für die Idee.

Züleyha leckte sich über die Lippen und sah Krok an, der zu seiner Frau ging und ihre Hand nahm.

Gadah nahm sein Schwert und setzte es mit der Schwertspitze auf den Boden des Palastes auf. Dann ging er auf Knie und senkte den Kopf vor Züleyha und Krok. „Ich gelobe dir hiermit meine Treue. So lange ich leben werde, werde ich für die Krone und dich kämpfen. Wenn es notwendig ist, werde ich mein Leben opfern, damit du weiterlebst. Ich schwöre, dir und deiner Familie ergeben zu sein und meine ganze Kraft dafür einzusetzen, dass du ein langes Leben hast."

„Gadah...", setzte Züleyha an, aber sie wurde von Atriba unterbrochen, die ebenfalls auf die Knie ging und Gadahs Schwur wiederholte.

Eisenarsch nickte seinem Sohn zu und beide knieten ebenfalls nieder. „Für die Rotte und die Königin", riefen sie gemeinsam.

Wiederbelebung

Von Sebastian Schierlinger

Ich hatte gut ausgeschlafen an diesem nebligen und kalten
Novembermorgen. Nachdem der erste Kaffee des Tages den
Hauch eines Kopfschmerzes, der mir in dieser Phase meines
Lebens nur allzu bekannt vorkam, vertrieben hatte, zog ich
mich an und machte mich kurz entschlossen zu Fuß auf den
Weg zum Bäcker. Bevor ich die Wohnung, in der ich
zusammen mit meiner Freundin wohnte, verließ, küsste ich
diese wundervolle Frau noch auf die Stirn und ließ sie
wissen, wie sehr ich sie liebte und dass ich bereits voller
Vorfreude für das anstehende gemeinsame Frühstück war.
Ich verließ das Mietshaus in der Preacher-Street, mit dem ich
so viele aufregende und schöne Erinnerungen in Verbindung
brachte. Ich sollte nie wieder hierhin zurückkehren. Der späte
Samstagmorgen empfing mich im frostig kalten Gewand.
Meine Haut war sofort benetzt mit feinen, feuchten
Nebelperlen. Die Kälte kroch mir schlagartig in die Knochen,
obwohl ich die wohlige Wärme meiner dicken Federdecke
doch noch im warmen Fleisch meines Körpers gespeichert
hatte. Den Weg zum Bäcker hatte ich in ein paar Minuten
hinter mich gebracht. Ich hielt bei der Bank, um meinem
ohnehin schon ziemlich geschundenen Konto noch den ein
oder anderen Geldschein abzuringen. Finanzen waren nie
meine große Stärke gewesen. Worüber ich mich jedoch nie
besonders lange grämte. Ich sah den Sinn meines Lebens
vielmehr im Genuss. Ich lebte einfach zu gerne im Moment.
Wie recht ich doch behalten sollte.

„Ein ungarisches Weißbrot, zwei Brezen, ein Croissant und
ein Rosinenbrötchen bitte."

„Sehr gerne Mr. Richard. Schön, dass sie mal wieder
vorbeikommen. Wie geht es denn Ihrer Frau?"

Wann würde diese geschwätzige Bäckersfrau es endlich
verstehen?

„Freundin, Mrs. Fisher. Wir sind nicht verheiratet. Es geht ihr sehr gut. Danke der Nachfrage."

Manchmal gefiel es mir, erkannt zu werden. Manchmal widerte es mich an. Bedeutete es doch unterschwellig, dass ich schon viel zu lange an einem Ort verweilte. An manchen Tagen entfachte dieses Gefühl die reinste Abenteuerlust in mir. Dann sponnen sich die die wildesten Fantasien in meinem Hirn zusammen, vom Mann, der buchstäblich nie wieder zurückkehrte vom Semmeln holen.

Den Stoffbeutel mit den Bäckertüten über der Schulter machte ich mich guter Dinge auf den Rückweg. Die Sonne versuchte inzwischen sogar etwas Platz gut zu machen und drängte sich immer weiter durch den Nebel vor. Ich nahm ein paar tiefe Atemzüge frischer kalter Luft in meine Lunge auf und spazierte flotten Schrittes los. Irgendetwas hatte sich verändert. Mich beschlich ein ungutes Gefühl, als würden die Blicke des Ungewissen auf mir ruhen. Kleine Anflüge von aufkeimendem Unwohlsein machten sich langsam aber stetig in meinem Bewusstsein breit. So musste sich wohl ein Tankwart kurz vor einem Tankstellenüberfall fühlen. Die Panik schlich bereits an meiner Wirbelsäule hoch, als ich es bemerkte.

„Wo zur Hölle kommen all die alten Leute her?!" nuschelte ich, mehr zu mir selbst.

Bis zu einem gewissen Maß war es ja ganz normal, mit vielen Senioren konfrontiert zu sein, zumindest in einem kleinen Kurort wie hier. Aber was sich da vor mir auftat, war wie ein Rentnernachmittag auf dem nächstgelegenen Volksfest. Es waren wirklich sehr viele alte Menschen auf der Straße, die meinen Heimweg darstellte. Ich dachte kurz darüber nach, einfach einen Umweg zu nehmen. Aber warum hätte ich das tun sollen? Die Gebäcke in meiner Tasche waren noch warm und wollten schließlich gefrühstückt werden.

„Es sind ja nur ein paar alte Säcke." Und schon begab ich mich auf, durch das Meer des vor mir liegenden Krampfadergeschwaders.

Zuerst kam ich ganz gut voran. Ich grüßte sogar noch die ein oder andere betagte Dame, bevor es wirklich sehr seltsam wurde. Je weiter ich mir meinen Weg bahnte, desto intensiver reagierten die alten Stinkmumien. Hatten die ersten noch ganz erfreut auf meinen Morgengruß reagiert, zogen nun immer mehr von ihnen die Nase hoch, wenn ich zu nahe herankam. Doch was konnte ich tun? Es wurden mehr und mehr. Und ich musste mich förmlich durch die Menge drängen.

Als ich gerade einen sehr betagten Herrn an der Schulter streifte und mich im gleichen Moment zu ihm drehte, auf der Suche nach einer passenden Entschuldigung für mein, bereits leicht panisches Vorbeidrängen, passierte es. In dem Moment, in dem er mir sein Gesicht zudrehte, glaubte ich keine Augen, sondern vor Blut triefende Fleischklumpen in seinem Gesicht zu sehen. Mit entsetzter Mine stolperte ich panisch rückwärts. Ich rannte hinterrücks eine Frau um, die ihre besten Tage offensichtlich schon hinter sich hatte, was dazu führte, dass diese, einen gellenden Schrei ausstoßend, wie ein Sack Kartoffeln auf der Straße aufschlug und die Augen verdrehte. Schlagartig drehten sich alle Köpfe in meine Richtung und starrten entsetzt auf die am Boden liegende Frau. Nachdem sich mein Blick einen Augenblick später wieder geklärt hatte, versuchte ich für einen Moment nochmal den alten Sack mit der Metzgerfresse anzugaffen. Doch plötzlich hatten sie alle stinknormale, vom Leben getrübte Augen in ihren verbrauchten Rüben.

Ich kniete neben dem Opfer meiner rüden Rempel-Attacke nieder und versuchte es anzusprechen. Keine Reaktion. Verdammt nochmal. Warum musste grade mir das passieren? Mein Gegenüber röchelte mit zuckenden Pupillen vor sich hin. Mein Kopf schlug Kapriolen. Ich versuchte den Puls der betagten Dame zu erfühlen. Nichts.

„Ruft verdammt nochmal einen Krankenwagen!"

Panische Fluchtgedanken wurden abgelöst von den Lerninhalten meines letzten Erste-Hilfe-Kurses. Ich legte die alte Lady buchstäblich aufs Kreuz und öffnete ihr anschießend mit zitternden Händen den Mund. Der Geruch erinnerte mich an eine Mischung aus Katzenfutter und Biotonne. Ich tätschelte ihr noch etwas zu fest die Wangen, in der Hoffnung, dass sie doch noch aus ihrem Dornröschen-Schlaft erwachen würde. Aber so viel Glück hatte ich dann leider doch nicht. Augen zu und durch. Mit bereits aufsteigendem Brechreiz beugte ich mich über den Mundgulli der Langzeitrentnerin. Jetzt nur nicht nachdenken. Ich presste meinen Mund auf ihren. Und dann blies ich sie nach allen Regeln der Kunst auf, wie einen Luftballon im Fasching. Zweimal Luft, zwanzigmal drücken. Oder waren es dreißigmal? Keine Ahnung, scheißegal. Während der Herzmassage gab der Körper ziemlich laute und glucksende Geräusche von sich. Aber woher sollte ich denn wissen, dass das nicht normal war?

Als ich mich zum dritten Durchgang nach unten beugte, mit der inneren Ruhe eines überzüchteten Schäferhunds, entwich plötzlich und unerwartet ein pfeifendes Geräusch ihrer Kehle. Ich drückte meinen Mund auf den ihren und atmete das entweichende Gas durch die Nase ein. Das führte zu einem schlagartigen und schwallhaften Entleeren meines Mageninhaltes. Ich kotze ihr meinen Morgenkaffe mitsamt den Resten des Vorabends, die definitiv Mais enthielten, mitten in die Atemwege. Es war ein schmatzendes, schmieriges Geräusch zu vernehmen. Der geschundene Körper meines Wiederbelebungsopfers zuckte und bäumte sich vom Überlebenskampf getrieben auf. Ihre alten, knochigen Hände packten mich am Kragen und die Todgeweihte übergab sich in einem stabilen Strahl zurück in

meinen vor Entsetzen offenen Mund. Auch Nase und Augen
bekamen die volle Ladung unserer gemischten Mageninhalte
ab. Wie von Sinnen versuchte ich die versammelten
Speisereste wieder aus meinem Sichtfeld zu bekommen.
Doch plötzlich veränderte sich genau in diesem wesentliches.
Das brennen in den Augen ließ zwar sehr schnell wieder
nach, was mich aber nicht vor dem Umstand rettete, dass sich
meine visuelle Wahrnehmung über und über grün verfärbte.
Die Preacher-Street verwandelte sich im Handumdrehen in
eine St.Patricks Day Parade, auf der es immer stiller zu
werden schien. Ich schaute mich um und stellte fest, dass sich
die Rollatorfraktion aus dem Staub machte.
„Hey ihr Penner! Wo wollt ihr denn jetzt plötzlich hin?!
Meine Stimme klang komisch. „Was passiert mit mir!?"
Ich blickte hoch zu den Fenstern unserer Wohnung im
zweiten Stock, vor der ich stand. Da stand sie, meine
Traumfrau. Obwohl ich mir sicher war, sie nicht als Oger
zurückgelassen zu haben, wirkte sie doch irgendwie ziemlich
grün und aufgedunsen auf mich. Und schon platzte sie,
genau wie unter ihr die Fenster aus den Rahmen. Über alle
Fensterbänke quoll grüner Schleim und floss an den Wänden
herunter. Zu meinen Füßen sprangen die Gullideckel aus
dem Asphalt und gaben die Sicht auf heraufquellendes
grünes Schleimelend frei. Was mich zu blinder Flucht
veranlasste. Ich rannte. Alles drehte sich. Wohin mein Blick
auch fiel, alles war grün. Sogar der Beutel über meiner
Schulter sah aus wie durch grüne Götterspeise gezogen. Ich
schleuderte ihn von mir und rannte so schnell mich meine
Beine trugen. Über Straßen und Plätze. Über Wiesen und
Felder. Bis in ein nahegelegenes Waldstück, das ich bisher
allerdings nur aus der Ferne kannte. Nun zog es mich
magisch an. Ich passierte die ersten Bäume und spürte den
Boden weicher werden.
Außerdem wirkte in dieser Umgebung alles ein bisschen
weniger grün. Ja. Die Bäume zeigten mir sogar Nuancen von

Braun- und Grautönen, die mich förmlich von meinem Horrortrip herunterbrachten. Meine Schritte verlangsamten sich. Mein Atem raste immer noch. Ich lehnte mich hinterrücks an eine große Tanne und stütze mich mit den Händen auf meinen Oberschenkeln ab. Mein Körper sackte einfach in sich zusammen und ich kauerte mich nieder wie ein misshandelter Hund im Tierheim. Mein Bewusstsein schwamm. In meine Augen stiegen Tränen. Aus meiner Nase lief es flüssig vor sich hin. Ich ignorierte es, da ich immer noch versuchte, wieder mehr Sauerstoff in meinen Körper zu pumpen.

Nach einigen Minuten, in denen mein ganzer Organismus ausschließlich damit beschäftigt war, nicht komplett in den Notfallmodus abzurutschen, blickte ich auf und stellte fest, dass es nichts festzustellen gab. Ruhe. Es herrschte so ein tiefgreifendes Stillschweigen, dass ich mich fragte, ob mir der grüne Albtraum die Gehörgänge verstopft hatte. Wer zur grünen Hölle hatte die Lautstärke aus meiner Welt gedreht? Ich kam wieder auf die wackligen Beine und trat ein paar unsichere Schritte weg von meinem Unterschlupf.

Sollte das womöglich alles nur ein schlechter Traum gewesen sein? Aber warum waren dann meine Schuhe total durchnässt? Und warum spürte ich dann jedes Körperglied vor Erschöpfung schlottern?

Mit einer guten Portion Galgenhumor versehen brachte ich ein: „Jetzt fehlt nur noch ein verfickter Leprechaun, der um die nächste Ecke kommt." hervor. Mit einem äußerst humorlosen Lachen wischte ich mir den Rotz vom Gesicht und versuchte mich zu orientieren. Doch weder der Blick nach rechts und links noch die fünf Schritte auf und ab, gaben den Blick auf den Ort, von dem ich gekommen sein musste, frei. Ich stand buchstäblich im Wald. Dann fiel mein Blick auf meine Hand die ich mir grade an meiner ohnehin schon völlig verwüsteten Kleidung abwischte. Das Grün schleimte in dicken Tropfen von meiner Jeans. Da kam alles wieder hoch. Die alten Leute. Die Wiederbelebung. Das Grün. Die Kotze. Das löste wieder diese unheimliche Übelkeit in mir aus. Mein Körper übersprang ganz elegant meine Selbstbeherrschung und schleuderte alles noch in meinem Magen Befindliche heraus. Und obschon sich der noch funktionierende Teil meines Bewusstseins darüber im Klaren war, dass es nicht mehr viel sein konnte, was es da auszuspeien gab, kotzte ich wie ein Dorftrinker in einem frühen irischen Volkslied. Vor mir platschte das Erbrochene auf den Boden und versammelte sich zu einem regelrechten See. Ich brach in völliger Erschöpfung auf dem Waldboden zusammen.

Als ich mich nach einer gefühlten Ewigkeit wieder im Stande sah, meinen Körper zum Aufstehen zu zwingen, erstarrte mein Blick an der Stelle, an der sich eben mein Magen ausgeschleudert hatte. Bewegte sich da nicht was? Ich rutschte von grauenvollem Entsetzten erfüllt durch den moosbedeckten Boden davon. Der grüne Pfuhl blubberte und es sah aus, als wollte sich etwas daraus befreien. Zum wiederholten Mal versuchte ich meinen Körper zur Flucht zu bewegen. Aber weder Beine noch Arme hörten noch auf den Oberbefehlshaber, der ich selbst hätte sein sollen. So fiel ich wie ein Häufchen Elend in mich zusammen und harrte den Dingen, die auf mich zukommen sollten. Zu meinen Füßen sah ich wie kleine, grüne Wesen, die nicht größer waren als Gartenzwerge, meiner Kotze entsprangen und wild fauchend auf zwei Beinen auf mich zukamen. Arme konnte ich keine erkennen. Dafür verfügten die Kotzgnome offensichtlich über sehr spitze, scharfe und übertrieben große Zähne, mit denen sie augenblicklich begannen, meine Beine anzufressen. Ich brüllte so laut und verzweifelt, dass sich meine Stimme erst überschlug und dann komplett versagte. Die kleinen Miststücke bissen faustgroße Fleischlumpen aus meinen Oberschenkeln und machten auch vor den darunterliegenden Knochen nicht Halt….

***

„Schau nicht so Junge! Die Story erzählt er jedem, der hier neu ist und auf ein paar Bier am Tresen sitzt. Ich kann mich nie entscheiden, was ich für die größere Lüge halte. Der Grund für die fehlenden Beine oder die Traumfrau… HAHAHA!"
Ein grob aussehender Mann in Arbeitsklamotten schlägt mir ziemlich grob auf die Schulter und verabschiedet sich lachend mit den Worten: „Immer wieder witzig die Story zu hören …" bevor er sich durch die anderen Gäste den Weg zur Toilette bahnt. Ich blicke leicht verstört auf den Mann, der nun seit einer Stunde neben mir in seinem Rollstuhl sitzt.
„Gibst du mir noch einen aus, Kumpel?"
„Nein. Ich denke ich sollte mich doch langsam auf den Heimweg machen." Ich schiebe einen Zwanziger über den Tresen und winke der Barfrau mit den Worten: „Passt so!" zum Abschied. Schnell raus aus diesem Drecksladen.
„Lächerlich" raune ich mir selbst zu, während ich in die stockdunkle Nacht hinaustrete. Bis zur Bäckerei geradeaus, dann rechts abbiegen. Danach für etwa 2 Kilometer geradewegs durch die engen Gassen dieser beschaulichen kleinen Stadt, in der ich mich leider nur auf der Durchreise befinde. In ein paar Minuten will ich eine heiße Dusche genießen und dann ab ins frisch gemachte Hotelbett.
Dieser Gedanke wird von einem alten Mann unterbrochen, der mir glatt von links nach rechts über die Beine fällt.
„Ey!! Langsam Väterchen!!"
Er blickt mich aus seinen leeren Augenhöhlen heraus an…

Nachwort

Auf die Freundschaft.

Freunde sind eines der wichtigsten Elemente im Leben eines Menschen. Kaum jemand wird ohne Freunde durch Leben gehen können und dabei gesund bleiben. Freunde sind Ärzte, Ratgeber, Kritiker und so vieles mehr. Vor allem bereichern sie unser Leben.

Wenn man Menschen kennenlernt, merkt man oftmals schnell, ob die Chemie passt und ob man sich besser kennenlernen möchte. Mit Basti hat die Chemie sofort gepasst. Ich hatte mich auf Youtube nach einem Kanal umgeschaut, dem ich mein Werk zur Präsentation anvertrauen konnte und ich kam durch Zufall auf den Kanal Belletristik Basti. Wie Basti es in seinem Vorwort schon erwähnt hat, schrieb ich ihn an, als er noch eine dreistellige Abonnentenzahl hatte. Warum ich ihn angeschrieben habe? Ich fand den Kerl einfach total sympathisch und authentisch. Dass er von meinen Zauberjägern begeistert war, machte ihn natürlich noch sympathischer...:-)

Seitdem pflegen wir einen regen privaten Kontakt und tauschten uns nicht nur über literarische Dinge aus. Ich legte mir CDs seiner Band Ohrange zu und entdeckte neue Seiten an ihm, die mir immer besser gefielen. Derzeit arbeiten wir gemeinsam an einem Horrorgeschichtenband, ein Kinderbuch ist ebenfalls in Planung.

Der vorliegende Band erscheint in einer schweren Zeit. Der Coronavirus hat Deutschland und die Welt fest im Griff und man ist aufgerufen, seine sozialen Kontakte zu reduzieren. Dass dies auf Dauer für die psychische Gesundheit der Menschen nicht zuträglich ist, sollte jedem klar sein. Trotzdem ist es derzeitig unerlässlich, alle Maßnahmen zu treffen, die bei der Eindämmung der Seuche helfen. Bis wir uns wieder alle auf Festivals, Konzerten, Theaterbesuchen, in Straßencafés und Fußgängerzonen treffen können, behelfen wir uns mit Büchern und anderen Freuden, die uns zu Hause glücklich machen. Hier möchte ich dir, lieber Leser, auch Bastis Kanal BelletristikBasti und die Kanäle seiner Kolleginnen und Kollegen aus der Booktubewelt ans Herz legen.

Ich möchte an dieser Stelle meinen Testlesern Dijana, Michael und Sebastian danken, die mich bei der Fertigstellung des vorliegenden Bandes unterstützt haben.

Ich wünsche dir, lieber Leser, viel Freude in der Welt der Zauberjäger und hoffe darauf, dass wir uns im nächsten Teil der Buchreihe wieder gesund wiedersehen.

Herzlichst
T. U. Zwolle,
November 2021